Bibliografische Information der Deutschen Nationalbibliothek:
Die Deutsche Nationalbibliothek verzeichnet diese Publikation in der Deutschen Nationalbibliografie, detaillierte bibliografische Daten sind im Internet über http//dnb.de abrufbar

Impressum
© 2022, Gabriele Balmy
Herstellung und Verlag: BoD – Books on Demand, Norderstedt
ISBN: 978-3-756-20811-1

Wir sind gleichzeitig Zuschauer
und Schauspieler
im großen Drama des Seins
(Niels Bohr)

Nachdem Gabi in ihrem Ägyptenurlaub Kraft getankt und neue Erkenntnisse gewonnen hat, fühlt sie sich bereit für die Erfüllung ihrer Aufgabe.

Sie kehrt zurück nach Deutschland und stellt immer wieder fest, dass man es auch als Geist nicht einfach hat.

Wird sie die Aufgabe erfüllen und ihren Mördern das Handwerk legen?

Auch im vierten Teil von Gabis Nachruf - die mysteriöse Geschichte um einen Todesfall - erlebt Gabi seltsame Dinge als Geistwesen, die sie ängstigen und manchmal zur Verzweiflung bringen.

Gabriele Balmy

Über den Tod hinaus

Gabis Nachruf Teil IV

Eine mysteriöse Geschichte um einen Todesfall

Ich sitze im Flieger nach Hurghada und kann es immer noch nicht richtig fassen, dass ich gestorben bin und nun als Geist weiterlebe.

Verträumt beobachte ich die Tragfläche des Flugzeugs, die schwankend zwischen den Wolken hin und her wippt. Einzelne grüne und braune Flächen erscheinen immer wieder zwischen den Wolkenlücken. Noch haben wir die gewünschte Flughöhe nicht erreicht.

Wir haben wundervolle Weihnachten im Kreise der Familie verbracht. Das Möbelhaus, in dem Peter und ich untergekommen sind, war stimmungsvoll dekoriert. Die Seelen, die so wie wir, dort ein neues Zuhause gefunden haben, waren in Feierlaune und weniger aggressiv als sonst.

Auch meine Eltern und mein Bruder Klaus waren am Heiligen Abend anwesend. Nachdem das letzte menschliche Wesen das

Gebäude verlassen hatte, war meine verstorbene Familie plötzlich da. Die Stiefmutter hatte sich, wie gewohnt, elegant gekleidet und war mit Schmuck behängt wie ein Weihnachtsbaum. Papa trug seinen blauen Anzug und Klaus kam in seiner Lederjacke zur Weihnachtsfeier.

Ich vermute, Peter hat das organisiert, habe aber von ihm keine Bestätigung erhalten.

Es fiel ihnen sicherlich schwer, mich nicht wieder mit Vorwürfen zu überhäufen, aber es wurde ein wirklich schönes Fest mit Liedern und Geschichten, so wie früher.

Es ist schon sehr lange her, dass ich auch mit meinem Bruder so harmonisch zusammensaß. Er ist vor vielen Jahren bei einem Verkehrsunfall ums Leben gekommen.

So wie sie erschienen sind, waren sie dann nach Weihnachten alle drei wieder sang- und klanglos verschwunden. Wohin weiß ich nicht.

Seit Peter und ich wieder alleine sind, spüre ich eine zunehmende Unruhe in uns beiden. Auch ohne darüber zu sprechen war das Thema ständig präsent: Ich muss Hilde und ihrem Sohn für ihre schlimmen Taten einen Denkzettel verpassen und eine weitere Straftat verhindern. Meine Eltern wollen, dass ich unser Familienerbe zurückhole, das die Beiden sich ergaunert haben. Aber wie soll das gehen?

Eine Zeit lang hatte ich das Gefühl, meine Eltern hätten Peter aufgehetzt. Ich habe die drei während ihrer Anwesenheit heimlich beobachtet, konnte allerdings keinerlei Hinweise auf eine gemeinsame Verschwörung gegen mich feststellen. Im Gegenteil, Peter hat mich immer in Schutz genommen und versucht abzulenken, wenn das Gespräch einmal in die von mir so gefürchtete Richtung kam.

Allmählich sehe ich ein, dass ich keine andere Wahl habe. Ich muss meine Aufgabe erfüllen, um inneren Frieden zu finden. Vorher möchte ich aber noch einmal in die Sonne zu fliegen und Urlaub machen. Dann werde ich gestärkt ans Werk gehen. Vielleicht fällt mir mit etwas Abstand auch ein, wie ich das bewerkstelligen kann.

Peter wollte nicht mit in den Urlaub, er habe noch einige Dinge zu erledigen teilte er mir mit einem Augenzwinkern mit. Schade, aber wer kann seinen wundervollen, himmelblauen Augen schon widerstehen.

Er hat mir versprochen, mich bei meiner Mission zu unterstützen, wenn ich wieder zurück bin. Hilde habe ich seit dem Vorfall in der Gaststätte nicht mehr gesehen, auch das wird sich nach meiner Rückkehr ändern. Ich habe sie geliebt und alles für sie getan. Sie hat mich nur benutzt und mir zum Schluss nicht nur das Geld und meinen gesamten Besitz genommen.

Nun möchte ich aber nicht mehr darüber nachdenken und lenke meinen Blick durch das ovale Fenster.

Es ist ein herrliches Gefühl, über den Wolken zu schweben. Wir sind nun schon etwas weiter südlich und haben zeitweise gute Sicht. Wie schön die Welt doch von hier oben aussieht; so sorgenfrei.

Es ist ein Vorteil meines körperlosen Zustandes, dass ich nicht einmal ein Ticket benötige.

Ich bin einfach eingestiegen und niemand hat mich bemerkt. Im Flugzeug sind nur wenige Plätze frei. Ich habe mir einen Fensterplatz ausgesucht, sitze direkt an den Tragflächen. Hier habe ich nur eine eingeschränkte Sicht, aber das macht nichts. Ich genieße es trotzdem.

Die Stewardess verteilt Wasser. Ich bekomme natürlich nichts, sie kann mich ja nicht sehen. Gelangweilt schaue ich aus dem Fenster und hänge weiter meinen Gedanken nach.

Es ist Mitte Februar und es waren bei meinem Abflug in Frankfurt gerade mal 9 Grad. Allmählich erwacht die Natur aus ihrem Winterschlaf. Schneeglöckchen und Krokusse beginnen ihre zarten Knospen zu öffnen. Wir hatten allerdings vor einigen Tagen noch Minusgrade und ich freue mich auf die Sonne. Ich weiß noch nicht, wie lange ich bleibe. Vielleicht bis April oder Mai – mal sehen.

Ich bin so froh, dass ich mich, dank Peter, mit meinen Eltern wieder versöhnt habe, und auch mit meinem Bruder noch etwas Zeit verbringen konnte.

Aber nun freue ich mich auf die ägyptische Sonne und die Erholung. Einfach mal an Nichts denken und die Seele baumeln lassen. Bei dem Gedanken muss ich lachen. Verstohlen blicke ich mich um, zum Glück hört mich niemand. Ich kann hier keine

Seele ohne Körper entdecken. Also lasse ich meine Seele baumeln. Mein Körper ist ja schon lange Asche.

Vor einigen Jahren war ich mit Hilde in Ägypten. Als damals das Flugzeug landete, wollte ich nie wiederzukommen. Der Flughafen war so trostlos und öde, im Gegensatz zu dem in der Türkei. Dort standen Palmen und alles war schön und edel.

Allerdings wuchs damals wider Erwarten, während der zweistündigen Fahrt zum Hotel meine Sympathie für das ägyptische Land. Bereits nach einigen Tagen war mir dann klar, dass ich noch einmal wiederkommen würde. Damals waren Hilde und ich noch glücklich miteinander und wir hatten einen traumhaften Urlaub.

Nun ist es so weit. Der Flieger landet. Ich flutsche mit den Reisenden durch die Kontrollen. Mich sieht ja niemand.

„Stopp" ertönt die Stimme eines der uniformierten Wachleute. Er schaut mich streng an. „Wohin wollen Sie?" „Zum Hotel Holliday Inn," antworte ich verwirrt. Gilt die Kontrolle auch für Verstorbene? Dieses Hotel hatte ich mir im Internet herausgesucht und noch ein freies Zimmer mit Meerblick gefunden. Hoffentlich ist das Zimmer noch frei, sonst muss ich mich nach einem anderen umschauen.

Die Menschen können mich zwar nicht sehen, ich sie aber schon. Und ich hätte doch gerne das Zimmer für mich alleine.

„Kennst du die Richtlinien?" ertönt die Frage des Uniformierten mit scharfer Stimme. Er hat die typische dunkle Gesichtsfarbe der Ägypter. Sein Schnauzer und die Augenbrauen sind buschig und wirken ungepflegt. Sie lassen ihn etwas grimmig wirken. Allerdings deuten seine Mundwinkel ein freundliches Lächeln an. Ich schüttele erstaunt den Kopf. Wofür denn Richtlinien?

„Sind sie Urlauberin oder geschäftlich hier?" fragt er noch einmal etwas freundlicher.

´Können Geistwesen auch geschäftlich ver-
reisen?` wundere ich mich und lasse mei-
nen Blick ratlos durch die Abfertigungshalle
schweifen. Viele Menschen, stehen in Rei-
hen, um zur Gepäckhalle zu gelangen.
Geldscheine wechseln die Besitzer, bevor
die Touristen durch die Absperrung weiter-
dürfen.

„Ich wollte eigentlich Urlaub machen," antworte ich kleinlaut. Nun bin ich doch ziemlich verunsichert. Wer kann ahnen, dass es
auch für Geistwesen Probleme gibt.

„Pass auf, dass du nicht in die Geschichte
eingreifst und nichts veränderst," rät er mir,
„das geht manchmal ganz schnell, aber unsere Regierung ist da sehr streng. Und pass
auf dich selbst auf," erwidert er väterlich, „es
gibt viele unehrliche und düstere Gestalten,
die schon seit Jahrhunderten hier herum-
geistern. Falls du es schaffst, ihnen ins Licht
zu helfen, ist das gern gesehen. Dafür gibt

es Pluspunkte da oben." Er deutet mit den Augen zum Himmel.

Ich nicke, erkundige mich bei ihm noch, welcher Bus zu meinem Hotel fährt und schon sitze ich zufrieden auf meinem Fensterplatz. Urlaub, endlich Urlaub. Entspannt lehne ich mich zurück.

Es ist nur ein Kleinbus für sechs Leute. Ich sitze hinter einem händchenhaltenden jungen Pärchen.

Dann steigt ein Paar im mittleren Alter ein. Anscheinend sind wir schon vollzählig und der Bus setzt sich in Bewegung.

Der Herr im „Mittelalter" ist ziemlich aufgedreht. Er hat einen rheinländischen Akzent und scheint sich für sehr wichtig zu halten. Ständig macht er irgendwelche Witze, über die niemand lachen kann. Seine Partnerin stößt ihn nur hin und wieder an und schüttelt unmerklich mit dem Kopf, was in ihm wiederum Unmut erzeugt. Gibt es einen Ehekrach?

Ich versuche nicht hinzuhören und schau mir die Landschaft an. Auch die jungen Leute bestaunen leise tuschelnd die öde Gegend und reagieren nur hin und wieder mit einem gezwungenen Lächeln auf den unangenehmen Fahrgast.

Der Fahrer hält sich trotz seiner Deutschkenntnisse zurück. Irgendwann kehrt dann Ruhe im Fahrzeug ein und man hört nur noch das eintönige Motorengeräusch des Fahrzeugs.

Ich muss an Peter denken. Wir würden uns jetzt auch an den Händen halten, während das Fahrzeug holpernd über die Straßen fährt.

95% des Landes ist Wüste, die restlichen 5 % sind fruchtbares Land, das sich entlang des Nils erstreckt. Wir fahren immer am Meer entlang, bis nach Marsa Alam.

Nach zwei Stunden sind wir am Zielort, ich war wohl auch etwas eingenickt. Mit mir zusammen verlässt nur das junge Pärchen den Bus, die anderen fahren weiter in ein anderes Hotel.

Ich weiß nicht wie spät es ist, aber die Dunkelheit hat sich bereits über das Land gelegt. Ein erschöpft wirkender Page geleitet die beiden Neuankömmlinge und das Gepäck zu ihrem gebuchten Zimmer. Ich verbringe noch gefühlt eine Stunde mit der Suche nach meinem von mir auserwählten Zimmer, das zum Glück noch frei ist.

Fasziniert eile ich zum Balkon. Ein traumhafter Ausblick eröffnet sich mir. Es stehen noch einige wenige Leute an der Poolbar und amüsieren sich lautstark. Sie haben sicher All-Inclusive gebucht und nutzen es aus, so viel zu trinken, wie hineingeht.

Auf dem rötlichen Sandstrand sind Liegen in Reih und Glied aufgestellt und warten auf Gäste. Das angrenzende Meer schimmert hell und verträumt im Mondlicht. Das gesamte Areal ist mit Palmen und wunderschönen Blumen bepflanzt.

Glücklich lasse ich mich aufs Bett fallen und träume von meinem Liebsten. Ich habe ein großes Doppelbett aus glänzendem dunklem Holz, passend dazu die Nachtschränkchen mit Telefon und vergoldeten Nachttischlampen. Kleiderschrank, Schreibtisch und der Cocktailsessel mit dem dunkelgrünen Samtbezug sind aus demselben Holz wie die Kommode, auf der ein Fernseher auf Beachtung wartet.

Inzwischen ist es unten ruhig geworden und nur das leise Plätschern des roten Meeres zu hören. Wie friedlich es hier ist.

Am nächsten Morgen führt mich mein Weg als erstes zum Schwimmbecken. Die Hälfte der Liegen ist schon mit Handtüchern belegt, obwohl bisher nur wenige Urlauber darauf Platz genommen haben.

Zufrieden lasse ich mich auf einer leerstehenden Liege nieder, um das Treiben um mich herum zu beobachten. Von meinem

Platz aus kann ich die Frühstückstische sehen, die unter den Sonnenschirmen auf der großen Terrasse stehen. Kellner eilen dort umher, um das schmutzige Geschirr fortzuräumen. Zufriedene Gäste schlendern zum Buffet oder sitzen an ihren Tischen, um entspannt ihr Frühstück einnehmen.

Eine etwa 60-jährige grauhaarige Dame, bekleidet mit einem bunten Strandkleid, schlurft in ihren flachen blauen Sandalen verschlafen zum Buffet. Ihren Kaffee und die gezapfte Limonade hat sie schon auf einem der freien Tische abgestellt.

Amüsiert beobachte ich, wie eine Krähe die Abwesenheit der Besitzerin ausnutzt und sich die Limonade schmecken lässt.

´So ist das, wenn man alleine ist,´ denke ich mitfühlend. Vielleicht hätte sie ein Tablett benutzen sollen, dann hätte sie alles mit einem Mal tragen können.

An einem der anderen Tische, den die Gäste kurz verlassen hatten, verspeisen die

Krähen eilig die Rühreier, bevor der Kellner sie mit gleichgültigem Gesicht verjagt.

„Hallo," spricht mich ein etwa 12-jähriges blondes Mädchen an, „ich bin Celine." Die junge Dame hat ihr dunkelbraunes Haar locker zu einem Pferdeschwanz gebunden. Einige Strähnchen haben sich gelöst und hängen etwas wirr am Kopf herum.

Das übergewichtige Mädchen kommt gerade aus dem Wasser. Während sie mich mit ihren braunen Augen erwartungsvoll anschaut, tropft das Wasser geräuschlos von ihrem nassen, pink farbenen Badeanzug. Einige Sommersprossen zieren keck ihre Nasenspitze.

Verdutzt schaue ich mich um. Das ist doch eine Lebende, wieso kann sie mich sehen? Sie streckt mir freundschaftlich die Hand entgegen, die ich aber nicht greifen kann. Meine rechte Hand gleitet, von ihr anscheinend unbemerkt, durch ihre hindurch.

„Wieso kannst du mich sehen?" erkundige ich mich verwundert. „Wieso nicht?" kommt es prompt zurück.

„Celine!" tönt eine raue Frauenstimme von einem der Liegestühle. Erschrocken suche ich den Ursprung dieser unangenehmen Laute.

Eine Frau mit umfangreichen Fettpolstern räkelt sich in ihrem bunt-geblümten Badeanzug. „Ja, Oma?" ruft Celine zurück. Das ist also ihre Oma. Die Frau muss schon früh Mutter und Oma geworden sein, diagnostiziere ich. Mich hat so ein Schicksal nie ereilt. Ich bin in meinem Leben leider kinderlos geblieben. Ich schätze Celines Oma auf höchstens 50 Jahre.

Nun wundert sich die Frau sicherlich und denkt, Celine führt Selbstgespräche.

„In einer Stunde treffen wir uns am Mittagstisch," ruft die Oma noch und fällt wieder in die Entspannungsphase. Die Familie scheint Frühaufsteher zu sein. Während die letzten Hotelgäste noch am Frühstückstisch sitzen, beginnen die ersten bald ihr Mittagessen. Keine Pause für das Personal.

„Du kannst mich wirklich sehen und hören?" frage ich noch einmal nach. Nun wird ihr Gesicht ernst. „Warum denn nicht?" „Weil ich nicht von deiner Welt bin. Ich bin gestorben und sozusagen ein Geist," kläre ich sie auf. ´Jetzt hält sie mich sicher für eine Psychopatin und spricht nicht mehr mit mir,` denke ich traurig. Aber Celine lacht nur ein helles klares Lachen, das ansteckend ist und fragt, ob ich mit ihr Dart spiele.

„Ich kann das nicht", antworte ich. „Ich zeige es dir, komm mit" fordert sie mich auf. Die junge Dame ist ziemlich dominant und ich folge ihr zur Dartscheibe. Sie hat natürlich nicht verstanden, was ich meine.

„Pass auf," ruft sie mir aufmunternd zu und nimmt einen Dartpfeil. „einfach zielen und werfen." Ihr Pfeil landet auf dem äußeren schwarzen Rand der Scheibe.

„Ich spiele aber nicht mit," erwidert eine braungebrannte alte Dame mit hochaufgesteckten blond gefärbten Haaren. Sie hält einen weißen Cocktail mit einer Ananasscheibe und einem Schirmchen dekoriert in der Hand.

Geschickt trägt sie das Getränk zu ihrer Liege, ohne etwas zu verschütten. Ihr türkisfarbenes Bikinioberteil ist am knochigen Körper etwas verrutscht, sodass mehr als gewollt von ihren welken Brüsten zu sehen ist.

„Ich meine Sie ja auch gar nicht," ruft Celine ihr genervt zu. Die Dame hat es sich inzwischen wieder auf ihrer Liege unter dem weiß-gelb gestreiften Sonnenschirm bequem gemacht und saugt mit einem sinnlichen Blick auf den Barkeeper an ihrem Trinkhalm.

Der einheimische Barkeeper schüttelt verständnislos den Kopf und wendet sich dem nächsten Gast zu. Um diese Zeit holt sich nur selten ein Gast alkoholische Getränke von der Bar.

Ich widme mich wieder meiner Begleiterin. Und beweise es ihr, dass ich die Dartpfeile nicht fassen kann. Erstaunt beobachtet Celine das Schauspiel und blickt mich fragend an. „Glaubst du mir nun?" frage ich triumphierend. Sie zuckt verwirrt mit den Schultern und fordert einige andere Gäste zum Mitspielen auf. Wie es scheint, treffen sie sich nicht zum ersten Mal zum Spiel.

"Celine," tönt es von der Oma, „lass die Leute in Ruhe." Die Worte finden keine Beachtung.

Ich lasse mich auf einer Liege in Celines Nähe nieder. ´So lässt es sich leben, das ist Urlaub,´ denke ich zufrieden.

Mein Blick streift ein Achtzig-jähriges Ehepaar. Die alten Leutchen haben die Rückenlehnen ihrer Liegestühle hochgestellt und beobachten interessiert das Meer. Ich folge ihrem Blick, kann dort allerdings nichts

Sehenswertes entdecken. Mit zusammen-
gekniffenen Augen betrachte ich die beiden
etwa näher. Sie haben keine Aura, sind also
auch Geistwesen. Vermutlich sehen sie dort
draußen mehr, als ich.

Der alte Herr erhebt sich etwas mühevoll
von seiner Sitzgelegenheit und schreitet
zum Kopfende seiner Partnerin.

Nun erkenne ich ihn und ein äußerst unan-
genehmes Gefühl kriecht in mir hoch. Es ist
mein Vater. Liebevoll beginnt er, seiner
Partnerin den Nacken zu massieren. Die
Art, wie sie ihren Kopf zur Seite legt – das
kann nur meine Stiefmutter sein. Eine kost-
bare Kette ziert ihren Hals und funkelt in der
Sonne.

´Was machen DIE denn hier?´ durchfährt es
mich entsetzt. Ich wollte doch einige Wochen meine Ruhe haben. Eilig wende ich
meinen Kopf in die andere Richtung und
schau Celine und zwei anderen Urlaubern

beim Zielwerfen zu. Vielleicht haben die Eltern mich ja noch nicht entdeckt.

Ich vermeide den Blick in die Richtung der alten Leute, was gar nicht so einfach ist. Passen sie auf mich auf oder wollen sie verhindern, dass ich zu lange fortbleibe?

"Ich muss zum Essen," holt mich Celine aus meinen Gedanken und läuft zu ihrer Oma. Die packt gerade sitzend ihre riesige Badetasche zusammen und erhebt sich dann gemeinsam mit einem Herrn, der einen überdimensionalen Bauch vor sich herträgt. Seine Badehose ist aus dem gleichen geblümten Stoff, wie der Badeanzug seiner Gattin und von vorn unter der enormen Leibesfülle kaum zu sehen.

Die Familie begibt sich träge in den Speisebereich, um sich an einem der Tische zwischen Hotel und Pool einzurichten. Unglaublich, was sie so alles mit sich herumtragen. Sie haben nicht nur eine üppige Leibesfülle, sie schleppen auch, in meinen

Augen, sinnlose Gebrauchsgegenstände mit sich herum.

Schade, ich hätte mich gerne noch mit Celine unterhalten. Die junge Dame ist mir sympathisch. Außerdem interessiert es mich brennend, warum sie mich sehen kann. Aber wir haben ja noch einige Tage. Hoffentlich belästigen mich meine Eltern nicht wieder mit ihren Vorwürfen. Zum Glück sind sie inzwischen verschwunden.

Ich schlendere über das traumhaft schöne Gelände. Woher wohl das Wasser kommt, um die üppige Pflanzenpracht in dieser Anlage zu versorgen? Wir sind hier mitten in der Wüste!

Ich ignoriere die Anwesenheit meiner Eltern, will meine Zeit hier genießen und ich verbringe den Nachmittag plaudernd mit Celine. Wir schwimmen gemeinsam im Meer. Stolz zeigt sie mir, wie gut sie tauchen kann. Das konnte ich noch nie, tiefes Wasser hat mir immer Angst gemacht.

Verstohlen schau ich mich immer wieder um. Dem unbedarften Mädchen ist nicht bewusst, dass es für Außenstehende wirken muss, als würde sie Selbstgespräche führen. Aber hier im Wasser fällt es niemandem auf. Sie sehen nur ein fröhliches übergewichtiges Mädchen, das im Wasser plantscht.

Bei meinem Rundgang durch das Hotel habe ich eine Tafel mit Ausflugstipps entdeckt, die man hier buchen kann.

Morgen werde ich einen Ausflug zum Tempel von Hatschepsut machen. Das klingt verlockend und Celine wird den Tag auch ohne mich auskommen. Wie es aussieht, ist die junge Dame hier das einzige Kind. Dieses Hotel ist wohl überwiegend für Paare und Rentner geeignet.

Der Bus ist, bis auf wenige Plätze, voll besetzt mit Fahrgästen aus mehreren Hotels. Glücklicherweise ist noch eine ganze Bankreihe für mich frei. Die Mitreisenden konnten

sich an der Hotelrezeption ein Frühstücks-
paket und eine kleine Flasche Wasser für
den ganzen Tag abholen. Das ist etwas wenig, aber es soll ein Mittagessen in einem
Ausflugsschiff auf dem Nil geben und Getränke kann man beim Fahrer erwerben. Der
will schließlich auch etwas verdienen.

Ich brauche keine Nahrung mehr. Mein kör-
perloser Zustand hat viele Vorteile, es ist nur
ziemlich einsam, so allein. Wir fahren über
zwei Stunden durch die Wüste, von unserem Hotel am Roten Meer zu unseren Aus-
flugszielen am Nil.

Vor mir sitzt das junge Pärchen, das sich an-
einander gekuschelt hat und schläft. Wir
sind bereits um 5:30 Uhr abgefahren, das
scheint nicht ihre Zeit zu sein. Weitere vier
junge Männer haben sich auf der Rückbank
platziert. Sie scheinen schon recht fit zu sein
und plaudern munter miteinander.

Bis auf die einzelne 60-jährige Dame aus
meinem Hotel und der Gruppe junger

Männer auf der Rückbank, sitzen nur Paare im Bus.

Die ältere Frau hat glattes graues, kinnlanges Haar. Der gerade geschnittene Pony lässt sie jugendlich wirken. Allerdings verraten die Fältchen um Mund und Augen, dass ihr Leben nicht immer einfach war.

Ihre müden blauen Augen schauen interessiert aus dem Fenster. Sie trägt eine lässige weiße Leinenhose und ein passendes, ebenso lässiges, hellbraunes Oberteil. Ich bin gespannt, ob die weißen Stoffschuhe immer noch weiß sind, wenn sie von der Tour zurück ist.

Am grauen Rucksack, der neben ihr auf dem Sitz steht, hängt eine gelbe Plastikblüte.

Die lässig auf den Kopf geschobene Sonnenbrille wartet auf ihren Einsatz, ebenso die hellgraue Schirmmütze, die neben dem Rucksack auf dem Sitz liegt.

Die Dame interessiert mich und ich nehme neben ihr Platz. Der Rucksack stört mich nicht, den bemerkt mein körperloses Dasein gar nicht.

Plötzlich hält der Bus an einer Straßensperre. Mit Maschinengewehren bewaffnete Soldaten unterhalten sich mit dem Fahrer. Gespannt beobachten alle Insassen das Treiben.

Nun wird es draußen lauter, die Augen meiner Sitznachbarin sind plötzlich hellwach und ich entdecke einen Hauch von Furcht in ihnen.

Für die jungen Männer ist das Ganze ein abenteuerliches Spiel und sie reißen amüsiert Witze.

Der Fahrer gibt dem Soldaten einen Zettel und Geld. Dann wird die Straßensperre zur Seite geschoben und wir dürfen weiterfahren. Aufgeregt tuscheln meine Mitreisenden, aber niemand findet eine plausible Erklärung für diese Sperre. Der Fahrer spricht weder deutsch, noch englisch und der Reiseleiter zuckt nur mit den Schultern, als würde er damit sagen wollen „Das ist hier so."

Wir fahren vorbei an riesigen Agavenfeldern, das scheint das Einzige zu sein, was hier wächst. Ansonsten sehen wir durch die staubigen Fenster nur Wüste ohne Ende.

Dann erreichen wir den Nil. Hier gibt es viel Grün und wir sind endlich am Ziel. Der Bus hält und das junge Pärchen räkelt sich verschlafen.

Der Reiseleiter gibt einige Anweisungen und führt die Gruppe zum Tor, das in das Gebiet des Tempels von Hatschepsut führt. Mehrere Händler belagern die Touristen stürmisch, um ihre Waren zu verkaufen. Mir dauert es zu lange und ich marschiere unbemerkt auf das Gelände, um die vielen Stufen hinauf zu steigen. Der Tempel wird von vielen Säulen gehalten und ist riesig.

Dahinter türmt sich ein massives Sandstein-
gebirge auf.

Schwere Maschinen sind zu hören, vermutlich bauen sie Gestein oder Sand ab. Davon
gibt es hier ja genug. Oder hat man wieder
einen neuen archäologischen Fund entdeckt, der nun freigelegt wird?

Mehrere Reisegruppen schauen sich auf
der Tempelanlage um. Es ist sehr imposant,
hier oben zu stehen und über das weite
Land zu blicken. Der Ausblick ist atembe-
raubend und ich habe das Gefühl, bis an
den Rand der Erde zu schauen.

Mich überkommt ein wohliges, vertrautes
Gefühl. Beeindruckt stehe ich einfach nur
da, lasse die Augen über das ägyptische
Land schweifen und genieße die Sonne.

In meinen Gedanken trage ich ein langes
weißes Kleid, das mit einem braunen Gürtel
zusammengehalten wird. Meine flachen,
braunen Sandalen sind mit schmalen Strie-
men zusammengehalten. Die glatten

schwarzen Haare fallen mir auf die Schultern und die Augenlider sind mit langen schwarzen Strichen verziert.

Die Stimmen der Leute aus meinem Bus kommen näher. Die sechzigjährige hat bei einem der Händler eine lange, hellblaue Perlenkette erworben, die verspielt an ihrem Hals schaukelt. Ihr Kopf ist nun mit einem beigefarbenen Strohhut bedeckt, der mit braunen Bastfäden durchzogen ist. Sie wirkt fröhlich und scherzt ausgelassen mit dem Reiseleiter.

Ihr Cappi, das im Bus neben ihr lag, trägt nun ein Händler, der lachend auf die nächste Reisegruppe zugeht.

„Eleisha," ertönt eine sanfte Stimme. Ein Ägypter steht neben mir, er trägt ebenfalls ein weißes Leinenkleid, mit einer Kordel zusammengehalten und braune Sandalen. Seine Augen sind zum Schutz vor der Sonne mit schwarzen Lidstrichen bemalt. Sein Kopf ist mit einem Tuch bedeckt, das bis zu den Schultern reicht. Die Ränder sind mit einer goldenen Borte verziert.

Er sieht aus wie ein Ägypter aus den Geschichtsbüchern. Das ist eindeutig ein Verstorbener. Fragend schaue ich ihn an. Seine klugen, gutmütigen Augen drücken Freude aus, auch wenn sein Mund nicht lächelt.

Unschlüssig, wie ich darauf reagieren soll, stehe ich wortlos da, während er noch etwas näherkommt. Ich habe den Eindruck, er will mich vor lauter Wiedersehensfreude in die Arme nehmen.

Schockiert weiche ich einen Schritt zurück, gefolgt von seinen belustigten Augen. Was soll das denn!? Wie hat der Mann mich gerade genannt? Das muss eine Verwechslung sein.

„Hallo," erwidere ich unsicher, „ich bin Gabi."

Nun bricht mein Gegenüber in ein schallendes, herzhaftes Lachen aus. Dieses Lachen ist so mitreißend, dass auch ich etwas lockerer werde. Ich weiß nicht warum, aber diesem unbekannten ägyptischen Mann würde ich bedingungslos vertrauen.

„Ich bin Samuel," antwortet er und reicht mir behutsam die Hand. „Tut mir leid, wenn ich dich erschreckt habe, aber ich freue mich so, dich wiederzusehen."

Wiedersehen? Ich kenne den Mann doch überhaupt nicht!

Hilflos blicke ich mich nach meiner Reisegruppe um, die gerade auf den Tempeleingang zusteuert. Als letzte verschwindet das junge Pärchen im Tempel. Das Mädel trägt eine kurze Jeans, die anscheinend etwas zu knapp ist. Man sieht die Pobacken hervorblitzen und ich schüttle verständnislos den Kopf. Samuel folgt meinem Blick und kommentiert: „An diese Anblicke haben wir uns inzwischen schon gewöhnt."

`Die junge Frau hat eine gute Figur, aber in diesem Land sieht man nur verschleierte Frauen, da müssen die Gäste sich doch an die Sitten halten,´ denke ich entsetzt. Samuel zuckt nur mit den Schultern. „Zu meinen Lebzeiten sind die Sklavinnen sogar mit freiem Oberkörper herumgelaufen. Aber es gibt einen Grund, weshalb wir lange Kleidung und auch Kopf- und Gesichtsbedeckung tragen. Das schützt vor der erbarmungslosen Sonne."

Plötzlich werde ich hellhörig: „Wann waren denn deine Lebzeiten?" frage ich interessiert und wir lassen uns entspannt auf einem Steinquader am Tempeleingang nieder.

„Ich habe dieses Bauwerk hier entworfen und gebaut, es war mein Lebenswerk.

Ich bin Samuel, Architekt, Vertrauter und Liebhaber des ersten weiblichen Pharao, Hatschepsut. Wir sind zusammen in den Tod gegangen, als ihr Neffe Anspruch auf das Amt des Pharao erhob.

Hatschepsut wollte ihm keine Gelegenheit geben, sie in den Tod zu schicken. Deshalb hat sie es selber getan, so wie sie immer alles selbst getan hat." Ungläubig schau ich in seine tiefbraunen Augen. „Aber warum Du? Du hättest doch weiterleben können?" frage ich entsetzt. „Ohne sie hatte das Leben für mich keinen Sinn mehr. SIE war mein Leben."

Das klingt so romantisch und mir kommen fast die Tränen. Die Geschichte klingt wie die von Romeo und Julia. Aber was habe ich mit diesem Mann zu tun?

„Du warst damals das Kindermädchen von Hatschepsut und später eine ihrer engsten Vertrauten. Sie hat dich sehr gern gehabt und war sehr traurig, als du an einer Lungenkrankheit gestorben bist."

Das ist wieder eine dieser verwirrenden Geschichten in dieser Welt und ich blicke nachdenklich in die Ferne. Der Platz um den Tempel herum hat sich allmählich geleert, auch meine Reisegruppe ist fort. Hastig springe ich auf, ich muss zur Bushaltestelle.

„Keine Angst," beruhigt mich Samuel, „du kommst auch ohne Bus zurück ins Hotel. Du bist noch nicht lange in diesem Zustand oder?" Bedrückt schüttle ich den Kopf. Großes Heimweh überkommt mich plötzlich. Ich vermisse mein Zuhause, meine Villa, mein Zimmer, mein Bett und sogar meine Stiefmutter fehlt mir in diesem Augenblick. Am meisten fehlt mir Peter, mein Liebster in dieser „Totenwelt". Warum bin ich denn nur fort gegangen, fort von ihm?

„Ich wollte nicht wiedergeboren werden," Samuels Stimme reißt mich aus meinen Gedanken und meinem Trennungsschmerz. „Dieser Tempel war mein Lebenswerk," setzt er seine Erzählung fort, „dafür habe ich gelebt und dafür bin ich gestorben. Für diesen Tempel und meine Hatschi. Ich bewache den Tempel und werde ihn nie wieder verlassen."

„Was ist aus Hatschepsut nach ihrem Tod geworden?" Ich blicke in sein trauriges

Gesicht, während die Sonne sich allmählich dem Horizont nähert.

Resigniert zuckt er mit den Schultern. „Ihr Körper wurde mumifiziert und liegt im Nationalmuseum in Kairo. Ihre Seele ist verschwunden, ich habe sie nach unserem Tod nicht wieder gesehen. Vielleicht wurde sie inzwischen wiedergeboren und es ist ihr nicht bewusst, dass sie einst Hatschepsut, der erste weibliche Pharao Ägyptens war," spekuliert er. „Ich hoffe, dass sie irgendwann einmal dieses beliebte Urlaubsziel als Touristin besucht."

„Aber wenn sie eine Lebende ist, wird sie dich nicht sehen können und sich vermutlich auch nicht erinnern," gebe ich zu bedenken.

„Ich werde sie erkennen, da bin ich mir ganz sicher, dann werden wir weitersehen," kam die zuversichtliche Antwort.

Ich muss an meine junge Freundin Celine denken, die im Hotel sicher schon auf mich wartet. Blutrot verschwindet die Sonne hinter dem Horizont und wieder überkommt mich eine überdimensionale Sehnsucht nach Geborgenheit. Ich möchte zurück zum Hotel, zu den Leuten, die mir dort inzwischen vertraut geworden sind.

In zwei Wochen reist Celine mit ihren Großeltern ab, dann möchte auch ich wieder zurück nach Langen. Vielleicht komme ich wieder, wenn ich meine Aufgabe dort erfüllt habe. Vielleicht sogar für immer.

Ob Peter wohl noch im Möbelhaus auf mich wartet? Sicher nicht. Vermutlich hat er inzwischen eine andere Ablenkung gefunden, denke ich eifersüchtig und mir fällt die „Pink Lady" ein, mit der ich ihn vor unserem Kennenlernen gesehen habe.

Samuels Augen ruhen fragend auf meinem Gesicht. „Hast du schon einmal daran gedacht, zu bleiben? Was sollte dich in dem kalten unfreundlichen Deutschland halten?" gibt Samuel zu bedenken.

Nachdenklich schaue ich vom Tempel herab über die Weite der ägyptischen Wüste. Der Tempel wirft seine Schatten im Schein des Mondes über das Tal. Gleich vom ersten Augenblick an hat mich die geheimnisvolle Stille der Wüste und die Stimmung hier fasziniert. Aber für immer hier bleiben... Darüber muss ich erst nachdenken. Außerdem habe ich in Deutschland noch etwas zu erledigen.

„Sehen wir uns noch, bevor du wieder in dein Land zurückkehrst?" erkundigt Samuel sich vorsichtig. Ich zucke mit den Schultern. Der Reisebus fährt vom Hotel aus nur einmal in der Woche hier her.

„Warum nennst du mich eigentlich Eleisha?" erkundige ich mich neugierig. „Das war dein Name in deinem damaligen Leben," antwortet mein Gegenüber. Inzwischen schlendern wir entspannt zwischen den Tempelsäulen umher. Hin und wieder huschen seltsame

Schatten durch die Gegend, aber wir beachten diese Wesen nicht.

Wie spät mag es sein? Ich wollte doch noch mit meiner jungen Freundin Celine gemeinsam die Abendshow ansehen. Plötzlich überkommt mich Panik. Der Bus ist schon lange fort, wie komme ich nun zurück zum Hotel?

Wieder erklingt dieses laute, herzliche Lachen und holt mich in diese unwirkliche Realität zurück. „Eleisha, man merkt, dass du noch sehr am irdischen Leben hängst. Du hast keinen Körper mehr und kannst auch ohne Bus ins Hotel zurück."

Ungläubig schau ich ihn an. Seine wunderschönen Augen sind fast so schwarz, wie seine Lidstriche. Das Gesicht ist ebenmäßig geformt und die vollen Lippen wirken verführerisch. Ich kann verstehen, dass „DIE EINE," wie die Pharaonen damals auch genannt wurden, sich in ihn verliebt hat.

„Kommst du mit?" frage ich ihn hilflos. Fragend blickt er sich um. Einige dunkle, wolfsähnliche Wesen streifen lautlos durch die Gegend. Ansonsten sind der Tempel und die weite Wüste um uns herum menschenleer. „Das sind die Wächter," klärt Samuel mich auf.

„Wieso eigentlich nicht," meint er dann entschlossen und fasst mich an die Hand. „Dann zeig mir mal dein Hotel und deine Celine, die dir so ans Herz gewachsen ist."

Mit großen Augen blicke ich ihn fragend an. „Scherzkeks, wie denn?"

Wir stehen inzwischen an der obersten Stufe des Tempels. Samuel scheint ein lustiger Kerl zu sein, allerdings bringt mich sein Lachen momentan zur Verzweiflung. Ich fühle mich hilflos, wie ein dummes kleines Kind und muss an meine Stiefmutter denken, die nicht verstehen wollte, dass ich einige Dinge einfach nicht konnte.

Mir ist so eine Reise in meinem körperlosen Dasein schon einmal gelungen, aber das war eher Zufall und ich weiß nicht, wie es passierte.

„Stell dir den Ort vor, an den du nun möchtest. Alle Details, Gerüche, Gefühle die du dort hattest. Am Anfang ist es einfacher, wenn du dabei die Augen schließt."

Ich folge Samuels Anweisungen und denke an das rötliche Gebäude mit den Torbögen, den Pool und den Sonnenschirmen davor, die um diese Zeit sicherlich geschlossen sind. Dankbar spüre ich seinen Händedruck. Ich bin nicht allein, das tut gut.

Mehr kann ich allerdings nicht spüren. „Ich kann das nicht," stelle ich verzweifelt fest und öffne meine Augen. Triumphierend blickt Samuel mich an, der inzwischen meine Hand losgelassen hat. „Na dann schau dich mal um," fordert er mich auf.

Fassungslos erblicke ich das rote Gebäude, den Pool, die Palmen und einige Urlauber, die noch gemütlich bei einem Cocktail an der Außenbar sitzen.

„Es hat wirklich geklappt…" ich kann es noch gar nicht glauben, ich bin ohne Fahrzeug verreist. Oder sollte das nur ein Traum sein? Eine Illusion?

Nachdem ich die Augen ungläubig kurz geschlossen hatte, stehen wir immer noch gemeinsam am Pool. Zwei Reisende ohne Körper. Wahrscheinlich hat Samuel etwas nachgeholfen. Ich kann mir nicht vorstellen, das alleine geschafft zu haben.

„Wie es aussieht schläft Deine kleine Freundin schon," stellt er fest, nachdem er sich gründlich umgeschaut hat und reicht mir zum Abschied die Hand. „Es war schön, dich getroffen zu haben," meint er traurig und wendet sich um zum Gehen.

„Warte! Vielleicht ist Celine noch wach, manchmal liest sie abends noch in ihrem Bett. Mich interessiert, ob sie dich auch sehen kann. Ihre Großeltern haben ein anderes Zimmer, es würde also nicht auffallen, wenn wir die Zwölfjährige besuchen." Erleichtert registriere ich sein leichtes, hoheitsvolles Nicken.

Die Hände auf dem Rücken verschränkt folgt er mir durch die Gänge des Hotels. Aus dem Zimmer von Celines Großeltern dringen die Geräusche des Fernsehers. Anscheinend schauen sie sich einen Krimi an. E s sind gerade Schüsse gefallen, dann ein sich immer weiter entfernendes Reifenquietschen. Jemand ist auf der Flucht. Ich schau mir solche Filme schon lange nicht mehr an, mir gefallen Komödien besser.

Stolz spaziere ich durch die mit Gold verzierte weiße Eingangstür, die zu Celines Zimmer führt und stelle enttäuscht fest, dass sie schon schläft.

Sie liegt in ihrem großen weißen Bett. Auf dem teakhölzernen Sekretär in ihrem Zimmer liegen ein Büchlein und ein Stift. Anscheinend hat sie noch etwas in ihr

Tagebuch geschrieben. Hoffentlich war sie nicht zu sehr enttäuscht, weil ich unsere Verabredung heute Abend verpasst habe. Auf dem edlen, mit grünem Samt bezogenen Cocktailsessel liegt ihre Kleidung, achtlos hinübergeworfen. Ihre Sandalen und Badelatschen sind im Zimmer verstreut. Die Ordentlichste scheint das Mädel nicht zu sein, aber sie konnte auch nicht ahnen, dass noch Besuch kommt.

„Soll ich sie wecken?" Fragend schaue ich in Samuels geweitete Augen. Nanu, was ist denn passiert? Gebannt starrt er auf das schlafende Mädchen, als hätte er einen Geist gesehen.

Lachend necke ich ihn: „Mensch Samuel, du siehst aus, als hättest du einen Geist gesehen, dabei bist du doch selber einer!"

„Das ist sie," flüstert er mit brüchiger Stimme. „Natürlich ist sie das, das ist Celine," kläre ich den Herrn an meiner Seite auf. Energisch schüttelt er den Kopf, unfähig

47

zu sprechen und ich rolle genervt mit den Augen.

Natürlich ist das meine kleine Freundin Celine, das einzige lebende Menschenwesen, das mich sehen kann. Ich muss es ja wohl besser wissen als er. Wütend stemme ich meine Fäuste in die Hüften und hole tief Luft, um ihm meine Meinung zu sagen.

Nun endlich hat er seine Stimme wiedergefunden: „Nein, …ich meine, ja," stammelt mein Begleiter. Was ist denn nur mit ihm los?

„Es kann sein, dass das Mädchen nun Celine heißt, aber das ist Hatschepsut, meine Hatschi! Ich habe sie gefunden, endlich!" Freudentränen treten ihm in die Augen, während ich noch nicht ganz verstehe, was mit ihm los ist.

Unruhig dreht sich das Mädchen auf die andere Seite. Kann sie ihn hören? Lautlos weht die graue Gardine am offenen Fenster.

Ich lege einen Finger auf meine Lippen, er soll sie nicht wecken.

Vorsichtig öffnet sich die Zimmertür und das pausbäckige Gesicht der Großmutter schaut zur Tür herein. Ihre dauergewellten Haare stehen in alle Richtungen, anscheinend hatte sie im Liegen den Krimi gesehen. Instinktiv drücke ich mich an die Wand, ich möchte nicht entdeckt werden. Nun huscht ein belustigtes Lächeln über Samuels Gesicht, das mir sagt: „Sie kann dich nicht sehen!" Ich zucke entschuldigend mit den Schultern. Ich kann nichts dafür, verstecke mich eben gerne. Und schon ist der Kopf der älteren Dame wieder verschwunden.

Ich weise mit meinem Haupt nach draußen und wir begeben uns leise durch die geöffnete Balkontür hinaus. Es weht ein lauer trockener Wind und leise rauscht das Meer. Von der Bar dringen immer noch die Stimmen einiger Gäste hinauf, aber wir können sie von hier aus nicht sehen, die Bar befindet sich seitlich des Hotels.

Verträumt werfe ich einen Blick hinunter. Auf dem Balkon unter uns weht ein blau-weiß-gestreifter Bikini im Wind. Auch eine schwarze Badehose wurde sorgsam zum Trocknen über den Balkonstuhl gehängt. Das Salzwasser hat schon sichtlich seine Spuren hinterlassen.

Das Wasser des Pools glitzert friedlich im Mondlicht, nichts deutet darauf hin, dass sich hier heute Nachmittag einige übermütige Badegäste eine „Wasserschlacht" geliefert haben. Die saftig grünen Blätter der Palmen wiegen sich leise rauschend im Wind.

Ganz tief atme ich die Luft ein und schließe die Augen. Alles ist so friedlich und idyllisch. Hier würde ich gerne bleiben.

Nun erst wird mir bewusst, was Samuel vorhin gesagt hat. Fragend schau ich ihm in die Augen, die mich anscheinend schon die ganze Zeit erwartungsvoll anblicken. „Das ist Hatschepsut, sie ist zurückgekehrt," wiederholt er seine Erkenntnis andächtig im Flüsterton und wir setzen uns.

Auf einem der beiden Stühle liegt Celines nasser Badeanzug. Samuel hängt ihn ehrfurchtsvoll über die Stuhllehne.

Schweigend sitzen wir da und lauschen dem Wellenklang des Ozeans. Anscheinend haben sich nun auch die Herren von der Bar in ihre Zimmer begeben und es herrscht eine unglaubliche Ruhe. Nur das Rauschen des Meeres und das leise Säuseln des Windes, der durch die Palmenblätter weht, sind zu hören.

Ich spüre die Stille und unendliche Weite der Wüste und wünsche mir, dass kein Wort und keinerlei Probleme diese Stimmung stören.

„Ich möchte gerne mit ihr allein sein, bitte," fleht Samuel mich im Flüsterton an.

Verständnisvoll begebe mich eine Etage höher, auf meinen eigenen Balkon, der sich direkt darüber befindet. Einige Minuten später erklingen aus dem Zimmer unter mir Stimmen.

Gedämpft dringt das fröhliche Geplapper von Celine zu mir herauf, während Samuels Stimme kaum hörbar ist. Also kann Celine ihn auch sehen und die beiden haben sich scheinbar viel zu erzählen, stelle ich mit einer leichten Eifersucht fest.

Sollte es wirklich wahr sein und Celine in ihrem früheren Leben Hatschepsut gewesen sein? Hatschepsut, der erste weibliche Pharao im alten Ägypten, Tochter von Thutmoses I und Ahmose.

Ich habe gelesen, dass sie sich gemeinsam mit ihrem Liebhaber am 16. Januar 1458 v. Christi das Leben nahm.

Ich rufe mir noch einmal die Begegnungen mit Celine in Erinnerung. Dass sie etwas Besonderes ist, habe ich sofort bemerkt. Und dass sie etwas königliches, herrschendes an sich hat, ist mir auch aufgefallen. Ihre Großeltern sind manchmal am Verzweifeln, weil das Mädchen ihre eigene Meinung hat und oft den Gehorsam verweigert.

Aber wie soll es nun weitergehen? Sie kann doch nicht einfach hierbleiben und ihre Großeltern alleine nach Hause fliegen lassen.

Leise plätschern die Wellen ans Ufer und das Rauschen der Palmen versetzt mich in eine lang ersehnte, entspannte Stimmung. Vergessen sind Hilde und ihr Sohn, vergessen sind die Begegnungen nach meinem Eintritt in diese Welt. Erwin der Penner, Sebastian der Henkerssohn, Gitti die Selbstmörderin und Peter, mein geliebter Peter mit den wunderschönen blauen Augen. Alle sind sie in diesem Moment Vergangenheit.

Ein warmer sanfter Wind streicht mir über das Gesicht, als ich unten am Pool einen Besen höre. Ein Angestellter fegt das Wasser beiseite, mit dem ein Kollege den Außenbereich bespritzt hat. Wenn die Gäste kommen, wird alles wieder sauber sein.

Es ist schon hell. Habe ich geschlafen? Verdutzt schau ich mich um. Samuel sitzt nachdenklich neben mir, den Blick starr auf das Meer gerichtet. Ich hatte seine Anwesenheit gar nicht bemerkt. Sein Gesicht ist ausdruckslos, aber ich kann eine unbeschreibliche Zufriedenheit an ihm spüren.

„Hast du sie etwa geweckt?" rüge ich ihn.

„Nein," er schüttelt energisch mit dem Kopf und schmunzelt vor sich hin. „Aber ich habe euch doch reden gehört!" erwidere ich vorwurfsvoll.

Glücklich blickt er mich an und seine dunklen Augen leuchten wie zwei Sterne. „Es war ihre Seele, mit der ich gesprochen habe, sie selbst hat davon kaum etwas mitbekommen, für sie war es nur wie ein Traum."

Oh nein! Schon wieder so ein Schwachsinn, den ich nicht verstehe und nicht glauben kann. Das wird mir nun doch zu viel und ich verlasse meinen Balkon, während er weiterhin zufrieden aufs Meer hinausblickt.

Plötzlich öffnet sich die Tür und ein Page stellt zwei Koffer ins Zimmer, gefolgt von zwei Damen in kurzen Hosen und engem Top. Sie müssten zwischen 40 und 50 Jahre sein. Die brünette Frau mit dem Pferdeschwanz drückt dem Hausdiener ein Geldstück in die Hand, der bedankt sich artig mit einer Verbeugung und ist auch schon wieder verschwunden.

Nun ist mein Zimmer also vergeben und ich kann hier nicht mehr bleiben. Kichernd lassen sich die Beiden auf das Bett fallen, um sich gleich wieder zu erheben und die Aussicht vom Balkon zu genießen. Samuel ist verschwunden. Und auch ich begebe mich über den langen, kunstvoll verzierten Flur mit den orientalischen Skulpturen hinunter in die Empfangshalle. Demnächst werden die ersten Gäste zum Frühstück erscheinen. Nachdenklich setze ich mich an den Strand und schau den Fischern zu, die in einiger

Entfernung mit ihren Booten auf dem Meer schaukeln.

Ich schließe die Augen und genieße den leichten Sommerwind, der mir durch die Haare fährt. An diesem Ort ist alles so friedlich und entspannt, was sollte mich eigentlich davon abhalten, hier zu bleiben? Vielleicht Peter, aber der hat sich sicherlich schon anderweitig getröstet und diese Enttäuschung kann ich mir ersparen.

„Denk an deine Aufgabe!" ertönt plötzlich eine Stimme neben mir. Wo habe ich diese angenehm melodische Stimme nur schon mal gehört?

Ich wage nicht, die Augen zu öffnen. Nein, ich will nicht aus diesem schönen, friedlichen Traum erwachen und schon gar nicht an meine Aufgabe denken. Ich habe Urlaub!

„Gabi, du kannst nicht immer davonlaufen, deine Erholungszeit geht zu Ende, du musst zurück!"

Jetzt fällt es mir ein, es ist die Lichtgestalt, die mir im Altarraum des Bestattungsinstituts begegnet ist!

Allerdings klingt sie heute strenger. Ich kann das Wesen in Männergestalt spüren, voller Liebe und doch drängt es mich zu etwas, das ich nicht tun möchte. Wohlig warm streichelt der Wind mein Gesicht oder ist es diese Gestalt?

Vorsichtig öffne ich die Augen. Er ist da, entspannt zurückgelehnt, auf seine Ellenbogen gestützt, sitzt er direkt neben mir im Sand. Sein Gesicht hat er mit halb geschlossenen Augen dem Himmel zugewandt.

Silberfäden durchziehen sein dunkles gewelltes Haar, das ihm locker auf die Schultern fällt. Sein Bart ist genauso lang wie das Kopfhaar und irgendwie scheint das Gesicht aus Haaren zu bestehen, aus denen Augen, Wangen und ein wohlgeformter, gutmütiger Mund hervorschimmern.

Er trägt ein langes weißes Gewand. Welches Waschmittel er wohl benutzt? Solch ein helles Weiß habe ich noch nie gesehen. Verzweifelt schau ich ihn an. Der hat gut reden. Wie soll ich das denn anstellen?

Das Hotel ist inzwischen wieder zum Leben erwacht und die Gäste sitzen plaudernd am Frühstückstisch.

Auch Celines Großeltern haben bereits an ihrem Stammtisch Platz genommen. Neben sich, wie jeden Tag, die große Tasche mit vielen Utensilien, die sie dann mit an den Strand schleppen.

Wozu die das wohl alles brauchen? Der Strand ist nur 100 Meter vom Hotel entfernt, sie haben sogar die Luftmatratze neben ihrem Stuhl aufgestellt. Man könnte meinen, sie dürften nach dem Frühstück nicht mehr aufs Zimmer, um ihre Sachen für den „Liegeplatz" zu holen. Allerdings, wenn ich ihre gewichtigen Körper so betrachte, fällt sicher jeder Schritt schwer.

Ich muss lachen. – Liegeplatz -, wie sich das anhört, als wären die Herrschaften Schiffe. Ich stelle mir Celines Großmutter ohne Luftmatratze liegend auf dem Meer vor. Bei ihrer Leibesfülle würde sie sicher nicht untergehen und könnte sich die Luftmatratze sparen. Sie ist etwa 1,63 Meter groß und fast ebenso breit.

Auch Celine wird im Alter einmal diese Leibesfülle erreichen. Sie ist jetzt schon, mit ihren zwölf Jahren, übergewichtig.

Was haben sie nur aus dem Mädel gemacht?

Naja, ich habe auch noch nie zu den schlanken Menschen gehört, muss ich beschämt gestehen. Ob sie wohl inzwischen weiß, wer sie wirklich ist? Samuel hat mir versichert, dass sie sich im Wachzustand nicht mehr an das Gespräch der vergangenen Nacht erinnern kann.

Celine sieht traurig aus. Sicher haben ihre Großeltern wieder mit ihr geschimpft, das machen sie häufig. Ihr Gesicht beginnt zu strahlen, als sie mich sieht und sie springt hastig auf. Wütend zerrt ihre Oma sie am Arm zurück auf den Stuhl und rügt sie mit verbissenem Blick.

Ob Celine wohl die Gestalt neben mir auch sehen kann? Verstohlen werfe ich einen Blick zur Seite. Er sitzt immer noch neben mir, geduldig, schweigend. Dieses Mal wünsche ich mir, dass er geht. Er erwartet etwas, das in mir Abwehr erweckt.

Endlich, Celine schlingt den letzten Bissen ihres Frühstücksbrötchens hastig hinunter und steht auf. Sie gibt mir mit einem Blick zu verstehen, dass sie zum Schwimmbecken will.

Der Herr im weißen Gewand hat sich inzwischen erhoben und drückt mir aufmunternd mit seiner Hand die rechte Schulter. „Du wirst wissen, was zu tun ist, wenn du dich mit deiner Aufgabe beschäftigst. Je länger du damit wartest, umso schwieriger wird es," erinnert er mich mit einem verschmitzten Augenzwinkern an meine Mission und schreitet majestätisch Richtung Hoteleingang davon.

Die Füße im Wasser baumelnd sitzt Celine schon am Beckenrand. Auch ich lasse meine Füße in das angenehme Nass gleiten, nachdem ich neben ihr Platz genommen habe. Sie sieht müde aus. Das ist sicher die Schuld von Samuel. Warum hat er sie nicht schlafen lassen!?

„Hast du einen Freund gefunden?" fragt sie grinsend. Sie hat ihn also gesehen. „Der ist nicht von dieser Welt, stimmts?" Ich nicke nachdenklich. Welch besonderes Mädchen sie ist und ihre Großeltern behandeln sie, als wäre sie eine ungezogene Göre. Wie mag wohl das Verhältnis zu ihren Eltern sein? Ob die auch diese unglaubliche Leibesfülle haben? Celines Großvater hat einen derartig unförmigen Bauch, dass man ihn bequem als Abstellfläche benutzen könnte.

Verstohlen wirft Celine einen Blick über ihre Schulter zu ihren Großeltern, die dabei sind, sich von ihren Stühlen zu erheben und die Sachen zusammenzupacken.

Vorsichtig lässt das Mädchen sich ins Wasser gleiten und taucht unter.

Mit der Luftmatratze unter dem Arm wartet ihr Großvater, bis sie wieder auftaucht, während seine „bessere Hälfe" schon voll bepackt mit Kühltasche, Handtüchern und Zeitschriften den Liegestühlen entgegenwatschelt.

„Wir sind auf unseren Liegen am Strand, so wie immer," informiert der ältere Herr seine Enkelin, als sie wieder auftaucht. „Mach keine Dummheiten," ermahnt er sie mit erhobenem Zeigefinger und einem freundlichen Unterton, der Verständnis ausdrückt. Ob seine Frau ihn wohl beauftragt hat, streng zu sein? Er wirkt eher gutmütig. Aus den Gesprächen habe ich erfahren, dass er Fernfahrer ist. Wahrscheinlich ist er froh, dass er nicht täglich in der Nähe seiner beleibten, nörgelnden Ehefrau bleiben muss.

Celine wischt sich mit einer Hand das Wasser aus den Augen, während sie sich mit der anderen am Beckenrand festhält. Ihr dunkelbrauner Zopf liegt klatschnass auf der Schulter.

„Ich geh nachher zum Dart Spielen," meint sie. Er nickt und zieht zufrieden seiner Frau hinterher, die es sich schon mit einer Zeitschrift auf ihrer Liege bequem gemacht hat. Nun sind wir endlich ungestört. „Was war denn? Warum sind die Beiden so wütend auf dich?" erkundige ich mich besorgt.

Celines Gesicht wird ernst. „Sie sind der Meinung, ich bin nicht ganz normal. Sie haben ihr Zimmer neben mir und meinten, ich hätte zwei Stunden laut mit jemanden diskutiert. Als sie dann wütend in mein Zimmer kamen, um zu sehen mit wem ich rede, lag ich in meinem Bett und war allein im Zimmer. Angeblich habe ich irgendetwas in einer fremden Sprache erzählt.

Sie haben mich geweckt, als es noch dunkel war. Dann konnte ich nicht wieder einschlafen, es wurde schon allmählich hell. Es war das erste Mal, dass ich hier den Sonnenaufgang gesehen habe," schwärmt sie mir vor. Ein junger Mann springt kopfüber ins Becken. Nun gesellen sich weitere junge Leute an das Schwimmbecken und stoßen sich gegenseitig lachend ins Wasser.

Ich lege den Zeigefinger an meine Lippen um Celine zu zeigen, dass sie nicht reden soll. Es genügt, dass ihre Großeltern sie für verrückt halten, weil sie ständig mit, in ihren Augen, nicht vorhandenen Personen spricht.

Die anderen Hotelgäste müssen sie nicht auch noch für verrückt halten.

„Komm Celine," fordere ich sie auf „lass uns zu der Bank dort drüben gehen. Dort können wir ungestört reden." „Ich wollte eigentlich zum Dart," meint sie widerwillig.

„Celine, ich muss dir noch etwas Wichtiges sagen. Dann kannst du spielen gehen."

Ein Blick zu den Großeltern zeigt, dass sie entspannt in der Sonne dösen. Sie werden ihre Enkelin bis zum Mittagessen nicht vermissen.

Gespannt hüpft Celine zwischen den Palmen, entlang der Blumenrabatte, zu einer etwas abgelegenen Bank und lässt sich neugierig darauf nieder. Eine nasse Haarsträhne hat sich aus dem Zopfgummi gelöst und hängt ihr in die Augen. Unbewusst streicht sie die Strähne hinter das Ohr.

Auf dem Weg dorthin sind mir wieder meine Eltern begegnet, die betont langsam durch das Gelände spazierten. Komischerweise beunruhigt mich ihre Anwesenheit nun nicht mehr, obwohl unsere Blicke sich flüchtig begegneten. Vermutlich wollen sie mich mit ihrer Anwesenheit an meine Aufgabe erinnern. Sie wissen, dass jedes Wort mich nur noch mehr davor abschrecken würde, deshalb begegnen wir uns wie Fremde.

Ob mein Bruder Klaus wohl auch hier ist?

„Celine," beginne ich. Wie soll ich es ihr nur sagen, damit ich ihre heile Welt nicht mit der Wahrheit zerstöre? Ich darf nicht in die Geschichte eingreifen, wurde ich bei meiner Ankunft auf dem Flughafen ermahnt.

„Du bist nicht verrückt, lass dir das nicht einreden," versichere ich ihr. Traurig blickt das Mädchen auf den Boden und schiebt mit ihren nackten Füßen kleine Steinchen hin und her. Der nasse Badeanzug klebt an ihrem Körper, an dem sich außer ihrem Speckbauch schon leichte weibliche Rundungen abzeichnen.

„Du bist etwas ganz Besonderes, du kannst mehr sehen als die anderen und das macht deinen Mitmenschen Angst." Traurig nickt das Mädchen vor sich hin und ich habe das Gefühl, sie ist den Tränen nahe.

„Es gibt nur wenige Menschen, die diese Gabe haben," versichere ich ihr. Deshalb kannst du dich nicht jedem anvertrauen und musst es geheim halten." Mitfühlend mustere ich meine kleine übergewichtige Freundin. Ich mag sie sehr und würde gerne bei ihr bleiben, um sie zu beschützen. Aber ich habe eine Aufgabe zu erfüllen.

Liebevoll nehme ich sie in meine Arme. Wahrscheinlich habe ich es damals, in meinem anderen, ägyptischen Leben auch so gemacht. Schade, dass ich mich nicht mehr daran erinnern kann.

„Celine, du musst von nun an fleißig lernen und Ägyptologie studieren. Wenn du erwachsen bist kommst du hier her zurück, dann wirst du wissen, was zu tun ist. Das ist deine Bestimmung."

Erstaunt schaut sie mich an, ohne ein Wort zu sagen. Ob sie wohl versteht, wie wichtig das ist? Sie hat die Macht, etwas für dieses Land zu tun.

„Deine Eltern und deine Großeltern werden stolz auf dich sein. Du hast die Macht, dieses Land zu verändern. Aber vorher musst du fleißig lernen und immer dein Ziel vor Augen haben." Glücklich strahlt sie mich an. „Das hört sich gut an, ich glaube die Idee gefällt mir. Kann ich jetzt Dart spielen."

Lächelnd umarme ich Celine und eine Träne schlüpft mir aus den Augen. Meine kleine Celine. Sie wird ihren Weg gehen und ich werde sie vielleicht nie wiedersehen. Aber wer weiß, das habe ich von meinen Eltern und meinem Bruder auch gedacht.

„Ich muss jetzt gehen," sage ich tapfer zu ihr und bemühe mich, mir meine traurige Verfassung nicht anmerken zu lassen. „Ich muss hier noch einen Freund besuchen und dann wartet in Deutschland eine schwere Aufgabe auf mich."

Der Hotel-Animateur ruft gerade die Gäste für das Dart Spiel zusammen. Diese Unbefangenheit hatte ich als Kind nie und ich beneide sie darum. Celine springt auf, umarmt mich kurz und läuft barfüßig davon.

Traurig schau ich ihr hinterher. Ob ihr überhaupt bewusst ist, was ich zu ihr gesagt habe? Mir scheint, sie hat nicht einmal registriert, dass dies gerade ein Abschied für immer war.

„Für immer"... da ist sie wieder, die Frage: Wie lange dauert für immer?

Mit schweren Schritten begebe ich mich ins Foyer des Hotels. Lediglich an der Rezeption sitzt ein gelangweilter Einheimischer mit seinem Smartphone, ansonsten ist hier niemand. Die Gäste genießen das herrliche Wetter und auch das Personal ist draußen, um für das Wohl der Gäste zu sorgen und sie zu unterhalten.

Erschöpft lasse ich mich auf einem der Korbstühle nieder. Ich muss einige Minuten verschnaufen, dann werde ich Samuel aufsuchen. Ich muss noch einmal mit ihm sprechen, bevor ich nach Deutschland zurückkehre.

„Mach dir keine Sorgen," ertönt Samuels beruhigende Stimme. Ich hatte gar nicht bemerkt, dass er auf dem Korbstuhl mir gegenüber erschienen ist. „Nanu," wundere ich mich mit ironischem Unterton, „du hast deinen Wachposten im Tempel schon wieder verlassen? Und das, obwohl es dort gerade von Touristen wimmelt? Hoffentlich machen die dort keine Dummheiten," necke ich ihn.

„Das ist mir nun egal," meint mein Gegenüber mit verträumten Augen. „Ich habe meiner Hatschi einst ewige Treue geschworen und bin so froh, sie endlich wieder gefunden zu haben. Nun werde ich nicht mehr von ihrer Seite weichen," erzählt er mir stolz.

Fasziniert folgen seine dunklen Augen den Aktivitäten seines Schützlings. Die Dartscheibe hat zwischen Pool und dem Meer in der Nähe einer der Bars ihren Platz gefunden. Die hölzerne Strandbar mit dem

Schilfdach verdeckt einen Teil unserer Sicht, aber hin und wieder erscheint Celines heitere Gestalt. Dann reiht sie sich gerade wieder fröhlich plaudernd hinter den anderen Mitspielern ein.

– Ewige Treue – und schon keimt in mir eine neue Frage auf: Was dauert länger, ewig oder immer?

„Celine wird in einigen Tagen wieder mit ihren Großeltern nach Deutschland zurückkehren," gebe ich zu bedenken. „Ich weiß," erwidert Samuel, „sie hat es mir erzählt. Ich habe damals viele Opfer für sie gebracht und ich werde es nun wieder tun, dafür bin ich da."

Erstaunt schau ich ihn an. Seine Augen sind so dunkel wie eine Kohlegrube bei Nacht. Die langen schwarzen Wimpern machen mich neidisch. Seine olivfarbene Haut leuchtet in der Sonne fast golden. Er sieht unheimlich gut aus. Samuel muss sehr beliebt in der Damenwelt sein. Was bewegt ihn dazu, auf alles zu verzichten, nur um der Einen zu dienen?

Sollte es wirklich so etwas wie die bedingungslose, ewige Liebe geben? Liebe bis über den Tod hinaus? Ich muss an Hilde denken. Ich habe auch einmal geglaubt, ich würde sie ewig und bedingungslos lieben. Nun verspüre ich nur noch Mitleid und Verachtung für meine ehemalige Geliebte.

Wieder überkommt mich Heimweh und das Bedürfnis, die Sache mit Hilde und ihrem Sohn endlich zu klären. Ich bin so weit und möchte wieder zurück.

Samuel nickt mir verständnisvoll zu. „Geh nur," sagt er sanft „ich werde unsere Celine hüten wie einen Schatz und mit ihr nach Deutschland gehen. Wenn sie erwachsen ist kehren wir vielleicht wieder nach Ägypten zurück."

Erleichtert umarmen wir uns. War es eine übernatürliche Macht, die mich nach Ägypten geführt hat, um Celine und Samuel wieder zusammenzuführen? Dann wird diese Macht mir auch helfen, Gerechtigkeit zu finden, um Hilde und Thomas einen Denkzettel zu verpassen.

Wehmütig lasse ich meinen Blick noch einmal über das Rote Meer schweifen. Die Sonne steht inzwischen schon hoch am Himmel und brennt erbarmungslos. Die meisten Menschen haben sich unter ihre Sonnenschirme verzogen.

Einige Touristen schwimmen fröhlich im Meer. Auch Celine planscht ausgelassen mit einem Mädchen, das etwas größer und älter ist als sie, in den Wellen.

Ihre Großeltern sind schon wieder dabei, ihre große Tasche zusammenzupacken, es ist gleich Mittagszeit. Dann werden sie mit ihrer riesigen Badetasche und der Luftmatratze unter dem Arm zum Außenbereich des Hotels ziehen, um nach dem Mittagsmahl alles wieder zurück zu ihren Liegen zu schleppen.

Die Situation erscheint mir so kurios, dass ich lachen muss. Welch merkwürdige Eigenschaften die menschlichen Wesen doch haben. Ob ich wohl früher auch manchmal merkwürdig war?

Ich habe noch eine Stunde Zeit, bis der Bus zum Flughafen fährt und schlendere entspannt in Samuels Begleitung durch die traumhafte Hotelanlage. Hier stehen Palmen und wunderschöne exotische Blumen. Alles sieht wundervoll gepflegt aus.

„Du traust dich immer noch nicht, ohne Verkehrsmittel an einen anderen Ort zu reisen," stellt Samuel im Plauderton fest. Fragend schau ich ihn an. Ach ja, ich habe es schon einmal hinbekommen, vom Tempel zum Hotel. Aber die weite Reise nach Europa, und dann noch über das Meer – nein, das kann ich nicht. Bei meiner Ungeschicklichkeit würde ich mitten im Roten Meer landen.

„Irgendwann wirst du es können," erwidert Samuel auf meine Bedenken. Ich habe mich längst daran gewöhnt, dass wir nicht miteinander reden müssen und trotzdem verstehen, was der andere gerade denkt.

„Wie hast du es gelernt?" Erkundige ich mich interessiert. „Das weiß ich gar nicht mehr so genau," erzählt mein Begleiter nachdenklich und schweigt eine Weile. „Ich glaube, ich habe es aus der Not heraus gelernt. Nach meinem Tod war ich anfangs im Tal der Könige. Dort trieben sich viele dunkle Gestalten herum, die mir nichts Gutes wollten.

Einmal war ich umzingelt von wilden Schakalen, die immer näherkamen. Obwohl ich doch wusste, dass ich nicht mehr am Leben bin, hatte ich Todesangst. Es waren richtige Ungeheuer. Ich weiß nicht was mir hätte passieren können, aber in meiner Panik habe ich mich sehnlichst in den Tempel von

Hatschepsut gewünscht und plötzlich war ich wirklich dort.

Ich wusste, dass jener friedliche Ort aus irgendeinem Grund besonders geschützt ist vor unangenehmen Zeitgenossen. Seitdem rufe ich dieses Gefühl in mir hervor, wenn ich an einen anderen Ort reisen will und schon bin ich dort."

„Wenn du das erzählst, erscheint es so einfach," kommentiere ich skeptisch. „Ich habe das auch schon einmal durch Zufall alleine geschafft, aber wenn ich es möchte, klappt es nicht."

Wieder einmal fühle ich mich wie eine Versagerin. „Das ist wohl, wie mit dem Talent zum Kochen oder Schränke zusammenbauen."

Wir sind inzwischen vor dem Hoteleingang stehen geblieben, der Bus parkt schon dort. Der Fahrer hat sich allerdings zum Mittagessen in den klimatisierten Speisesaal begeben.

Die Einheimischen können nicht verstehen, warum die Hotelgäste unter ihren Sonnenschirmen, mit Sonnenbrillen und teilweise Strohhüten bedeckt in ihrem Schweiß schmoren, anstatt sich in den klimatisierten Räumen aufzuhalten.

Wieder blicke ich Samuel fragend an. „Jeder hat nur begrenzte Gaben. Ich kann nicht kochen," setzt er das Gespräch fort, „habe es einmal versucht, aber es ist mir nie gelungen, etwas Geschmackvolles zustande zu bringen." Ungläubig blicke ich in sein nachdenkliches Gesicht. „Das ist doch ganz einfach, es gibt Rezepte. Wenn man sich daran hält, kann gar nichts schief gehen."

Samuel schüttelt mit dem Kopf. „Da irrst du dich gewaltig, ich habe es irgendwann aufgegeben."

„Ich finde es viel schwieriger einen Schrank aufzubauen," beklage ich mich enttäuscht.

„Ich wollte nie andere Menschen mit meinen Anliegen belästigen und dachte, das bekomme ich alleine hin. Hat aber nicht geklappt. Ich habe mir sogar dummerweise einmal Löcher in meinen schönen Parkettfußboden gebohrt, weil die Schrauben zu lang waren." Samuel lacht.

„Das ist es, was ich meine. Der eine kann dies, der andere das besser und so ist es wohl auch mit dem Reisen ohne Fahrzeug." Allmählich finden sich die Fahrgäste mit ihren großen Koffern am Bus ein und warten geduldig auf Einlass.

Wir verabschieden uns noch einmal herzlich. Vielleicht ist es ein Abschied für immer, vielleicht auch nicht, wer weiß das schon. Ich nehme auf der hinteren Reihe an der rechten Fensterseite Platz. Erst jetzt wird mir richtig bewusst, dass ich inzwischen gelernt habe, durch Wände zu gehen. Vielleicht lerne ich auch das Reisen.

Der Busfahrer verstaut die Koffer im Bauch des Fahrzeugs und die Fahrgäste nehmen plaudernd im Innern des Busses Platz. Es kommt niemand auf die Idee, dort Platz zu nehmen, wo ich sitze. Und das, obwohl sie mich nicht sehen können und der hintere Fensterplatz doch eigentlich sehr begehrt ist.

Samuel winkt mir noch einmal zu und eilt dann fröhlich hinter Celine her, die gerade mit strahlendem Gesicht zu einer Tanzanimation läuft. Eine stark geschminkte Ägypterin versucht den Gästen Bauchtanzen beizubringen.

Nun sehe ich auch wieder meine Eltern, etwa 100 Meter vom Bus auf einer Parkbank sitzen. Sie schauen entspannt mit einem aufmunternden Lächeln herüber und heben kurz ihre Hände, als wollten sie mir zum Abschied zuwinken.

Fast bin ich ein wenig traurig. In Papas Nähe habe ich mich immer behütet gefühlt.

Aber sie bleiben wohl noch hier, wie es scheint. Klaus ist nicht zu sehen. Das gibt mir Hoffnung, ihn vielleicht in Deutschland zu treffen.

Irgendwie freue ich mich nun auf Zuhause. Ob Peter wohl noch auf mich wartet? Ich bin gespannt auf das, was kommt. Noch habe ich absolut keinen Plan, aber ich bin mir sicher, es wird sich ergeben. Ich weiß, ich bin nicht allein. So wie Samuel von nun an Celine behütet und vermutlich ihre Schritte in die richtige Richtung lenkt, achtet auch ER auf mich, der Herr in dem strahlend weißen Gewand.

Es geht los. Wir haben zwei Stunden Fahrt vor uns, von Marsa Alam bis zum Flughafen nach Hurghada. Der Bus ist relativ voll. Die Fahrgäste unterhalten sich in gedämpftem Ton. Gelangweilt schaue ich aus dem Fenster. Wüste, nur Wüste. Sehnsuchtsvoll denke ich an zu Hause. In meiner Villa war ich glücklich, bis Hilde und ihr verwöhntes

Söhnchen Thomas mir das Leben genommen und sich danach mein gesamtes Vermögen „unter die Nägel gerissen" haben.

Ich habe es noch genau in Erinnerung, mein gemütliches Wohnzimmer mit der entspannenden „Lümmelwiese".

Wie oft haben Hilde und ich uns darauf in den Armen gelegen. - Die großzügige Küche - Ich wollte weiße Schränke, Hilde hat das nicht so gefallen. Dafür habe ich dann die Spüle, die Griffe und die Leisten in Anthrazitfarbe gekauft. Das wirkte edel und traf auch Hildes Geschmack.

Und dann mein Schlafzimmer, ach mein Schlafzimmer. Wie oft habe ich mich dort verkrochen, wenn es Unannehmlichkeiten mit der Stiefmutter gab oder wenn ich Depressionen hatte. Das Kissen hat viele meiner Tränen aufgefangen.

Im Flur stand ein Cocktailsessel, mit beigefarbenem Leder bezogen. Dort habe ich manchmal gesessen, einfach nur so, der war so schön bequem. Von dem Platz aus konnte ich durch die Scheibe der Eingangstür dem Treiben vor dem Haus zusehen. Wie gerne würde ich diesen Moment noch einmal erleben.

Plötzlich geht ein Ruck durch meinen Körper und ich schrecke hoch. Was ist geschehen? Bin ich eingeschlafen und der Bus hat plötzlich gebremst?

Verwirrt blicke ich mich um. Wo sind die anderen Fahrgäste? Ist das jetzt ein Traum? Ich sitze in meiner Villa, allerdings nicht in meinem schönen Cocktailsessel, sondern auf einer ungemütlichen weißen Garderobenbank. Es hat tatsächlich funktioniert, ich bin ohne Fahrzeug gereist.

Wer hat denn nur dieses unpersönliche moderne Möbelstück hier abgestellt? Ach ja, meine Mörder haben die Villa verkauft. Neugierig schau ich mich in meinem ehemaligen zuhause um. Die Küchenmöbel sind geblieben. Anscheinend haben die neuen Inhaber doch Geschmack.

Die Möbel im Wohnzimmer sind in Weiß gehalten. Zwei Vitrinen, ein Fernsehunterschrank, alles in einem wunderschönen Weiß, mit vergoldeten Griffen. Der Fernseher ist ziemlich groß. Anscheinend verbringen die Bewohner viel Zeit vor diesem Gerät.

Auch das Ecksofa und der riesige Sessel sind aus weißem Leder. Alles wirkt sehr kostbar, edel, aber kalt und unpersönlich. Ein riesiges Gemälde hängt über dem Sofa. Das gefällt mir überhaupt nicht. Es sieht aus, als hätte der Maler mit allen, ihm zur Verfügung stehenden Farben, wahllos über die Leinwand gepinselt. Wahrscheinlich hatte er einen schlechten Tag, war wütend und hat seinen Frust an der Leinwand ausgelassen. Und dafür geben die Leute dann sehr viel Geld aus. Ich kann es nicht verstehen, mir gefallen solche Bilder überhaupt nicht. Aber es bringt etwas Farbe in dieses weiß-goldene Zimmer.

Auch der Rahmen und die Füße des kostbaren Couchtisches sind vergoldet, die Tischplatte ist aus Glas. Irgendjemand hat darauf Zeitungen und allerlei Papiere wahllos zerstreut liegen lassen. Diese Unordnung passt überhaupt nicht zu dem ansonsten steril wirkenden Wohnzimmer.

Die Eingangstür öffnet sich geräuschvoll und wird dann noch geräuschvoller mit Schwung wieder zu geworfen. Huch, was war das? Ein Windstoß?

Eine etwa 15-jährige junge Dame entledigt sich im Flur ihrer schwarzen Schaftschuhe und wirft sich ermattet auf das Sofa. Zeitgleich greift sie nach der Fernbedienung, die sie zielsicher unter dem Papierstapel hervorzaubert.

Der Fernseher teilt uns gerade mit, dass irgendjemand gewonnen hat. Genervt zappt die junge Frau durch die Programme. Sie ist hübsch, hat dunkelbraune Augen und wohlgeformte Brauen. Ihre rundliche Nase ist mit einem Nasenring geschmückt. Schwarz glänzendes leicht gewelltes Haar reicht ihr fast bis an die Ellenbogen. Wie lange es wohl dauert, bis die nach dem Waschen trocken sind?

Zwei Leute streiten sich lautstark um das Sorgerecht ihres Kindes und die Finger der jungen Frau rutschen von der Fernbedienung. Entspannt lehnt sie sich zurück. Die Augen halb geschlossen verfolgt sie den Streit in der „Flimmerkiste". Die Fernbedienung wartet inzwischen griffbereit neben ihr auf weitere Befehle.

Ich setze den Rundgang durch mein verflossenes Heim fort. Mein ehemaliges Jugendzimmer scheint nun ihr Zimmer zu sein. Schon allein dafür kann ich diese verwöhnte Göre nicht leiden.

An der Wand hängen Poster mit dunklen Gestalten. Der Rahmen ihres Bettes ist aus viereckigen, schwarzen Eisen. Ich finde es scheußlich, aber es muss mir ja auch nicht gefallen. Ich würde auch nie in schwarzer Bettwäsche schlafen.

Es gibt keine Vorhänge, nur ein graues Verdunklungsrollo. Und überhaupt, wie sieht es denn hier aus? Überall liegen Kleidungsstücke herum. Auf dem Schreibtisch stehen vor dem Computer mehrere Teller mit Essensresten.

Es gab wohl irgendwann auch Spaghetti. Auf den undefinierbaren Speiseresten der beiden anderen Teller entwickelt sich gerade eine leichte Schimmelschicht. Wenn sie nicht aufpasst, beginnen die Teller zu leben. Dann muss sie sich den Raum mit Maden, Fliegen, vielleicht sogar Ratten und Mäusen teilen.

Bei dem Gedanken schüttelt es mich. Wie kann man nur so liederlich sein. Für die halbvolle Chipstüte, die arglos daneben liegt, habe ich ja noch Verständnis. Aber die schimmelnden Essensreste...

Wenn das meine Tochter wäre, würde ich ihr die Fernbedienung wegnehmen, bis ihr Zimmer wieder in Ordnung wäre.

Vermutlich sind ihre Eltern noch arbeiten. Vielleicht sind das auch sogenannte Karriereeltern, die morgens früh aus dem Haus gehen und erst abends spät zurückkommen. Sie verdienen so viel Geld, dass sie gar nicht alles ausgeben können. Und die Tochter ist die ganze Zeit sich selber überlassen, bekommt alles was sie möchte, Hauptsache die Eltern haben ihre Ruhe.

Ich habe genug gesehen, dies ist nicht mehr mein Zuhause und ich möchte hier nie wieder her.

Traurig verlasse ich zum letzten Mal mein Heim. Ich muss Peter finden, er hatte versprochen, mir zu helfen. Vielleicht hat er inzwischen eine Idee. Meine Schritte führen mich zur S-Bahn. Alles fühlt sich so normal und vertraut an. Allerdings sind die Straßen relativ leer. Es fahren nur wenige Autos und auch Menschen sind kaum auf den Gehwegen zu sehen. Die Geschäfte sind geschlossen, vermutlich ist heute ein Feiertag.

Ich muss an meine erste Bahnfahrt im körperlosen Dasein denken. Da war ich ziemlich durcheinander und wusste gar nicht, wie mir geschieht. Nun sehe ich die Dinge klarer. Heute ähnelt die Bahn allerdings einer Geisterbahn, nur zwei maskierte Menschen sitzen darin. Sind die auf dem Weg zu einem Banküberfall?

Seltsamerweise wirken sie ziemlich verunsichert. So benehmen sich keine Räuber. Wer weiß, welche Beweggründe sie für ihre Maskerade haben. Karneval ist es jedenfalls nicht, dann wären die Beiden fröhlicher.

Wie damals steige ich in Frankfurt aus, um mich zum Möbelhaus zu begeben. Dorthin, wo ich Peter verlassen hatte.

Die Kirchturmuhr läutet, es ist 17:00 Uhr. Ich kann mir Zeit lassen, während der Öffnungszeit ist es mir dort zu turbulent.

„Gabi," ertönt eine fröhliche Frauenstimme. Fragend blicke ich mich um. Wer kennt mich hier? Lachend kommt mir eine blonde junge Frau entgegen. Ihre Zöpfe wippen fröhlich hin und her. Sollte ich die junge Dame kennen? Ich schätze sie auf höchstens zwanzig Jahre. Sie trägt zerrissene Jeans, die wohl momentan modern sind und ein blau-weiß gestreiftes T-Shirt. Die weißen Turnschuhe wirken nicht mehr ganz neu und haben anscheinend schon die eine oder andere Schlammschicht erlebt. Missmutig trottet ein schwarz-weiß gefleckter Spitz neben ihr her und beschnüffelt mich vorsichtig.

Nun umarmt mich die Frau auch noch und der Hund lässt sich erleichtert über die Pause auf sein Hinterteil nieder.

„Erkennst du mich nicht mehr? Ich bin es, Gitti!" Mein Blick fällt auf das Gerichtsgebäude, ich hatte gar nicht bemerkt, dass ich schon hier bin. Nun fällt es mir auch wieder ein „Gitti? Aber du siehst ganz anders aus, viel jünger," stelle ich erstaunt fest.

„Ja, ich habe mit Freunden eine Weltreise gemacht und fühle mich wieder jung. Inzwischen habe ich den Menschen verziehen, die mich so sehr enttäuscht haben.

Sie handelten damals aus Unwissenheit und Feigheit, niemand kann über seinen Schatten springen. Außerdem wurden die Sicherheitsmaßnahmen in den Gefängnissen erhöht und nun wird so etwas, wie mir geschehen ist, hoffentlich niemandem mehr passieren," fügt sie mit gedämpfter Stimme hinzu.

Erfreut über das unerwartete Wiedersehen setzen wir uns auf die Stufen vor das Gerichtsgebäude, so wie damals. Wieder überkommt mich ein vertrautes Gefühl in dieser, mir noch immer etwas fremden Welt des körperlosen Daseins.

Wasi, so stellt mir Brigitte ihr Hündchen vor, legt sich nieder und schließt erschöpft die Augen. Vermutlich haben die beiden schon einen langen Spaziergang hinter sich. Brigitte ist auch erst seit einigen Stunden wieder zurück, erzählt sie fröhlich. Sie hat den Hund in Griechenland gefunden. Seine Besitzer wollten ihn nicht mehr, weil er so viel gebellt hat. Sie haben ihn mit der Schaufel erschlagen.

Anscheinend ist das Tier noch traumatisiert, sie hat ihn noch nie bellen gehört, erzählt sie mir. Er ist ständig müde, ergänzt sie die Geschichte des Hundes. Wir tauschen angeregt unsere Erlebnisse aus, bis die Kirchturmuhr 19:00 Uhr schlägt. Nun möchte ich los.

„Ich werde bald ins Licht gehen," berichtet mir Brigitte stolz. Fragend schaue ich sie an und sie zuckt entschuldigend mit den Schultern. „Wir treffen uns dort, wenn auch du so weit bist." Damit erinnert sie mich wieder an meine Aufgabe, die ich erfüllen muss und wir verabschieden uns mit einer langen Umarmung.

Wie ein kleines Mädchen hüpft sie mit dem Hund an der Leine Richtung Innenstadt davon.

Mich führt der Weg weiter durch die fast menschenleeren Straßen Richtung Möbelhaus. Auch der Spielplatz im Wohngebiet ist verwaist. Was ist denn heute nur los? Wo sind die Menschen alle hin? Gibt es gerade ein wichtiges Fußballspiel, das die Leute daheim hält?

Vermutlich sind die Kinder heute alle ganz brav um 19:00 Uhr zu Hause und gehen rechtzeitig zu Bett.

Wo sind die Jugendlichen, die sonst um diese Zeit hier immer herumlungern?

Bisher sind mir nur zwei Hüter des Gesetzes begegnet, die gelangweilt durch die Gegend schlenderten. Ansonsten waren nur hin und wieder Einzelpersonen oder Paare in den Straßen zu sehen. Normalerweise wimmelt es hier nur so von Fußgängern und Radfahrern. Heute fallen mir viel mehr dunkle Gestalten auf, als sonst.

Eine leise Ahnung kriecht in mir hoch und lässt mich frösteln. Sollte das Böse dabei sein, die Macht zu übernehmen? Aber das kann man doch nicht zulassen, denke ich schockiert. Die Gesichter der unheimlichen Wesen sind unter den schwarzen Kapuzen verborgen. Ich versuche, sie nicht anzusehen. Das war immer meine Methode. Wenn ich sie nicht sehe, sehen sie mich auch nicht, habe ich mir immer eingebildet. Bisher hat das ganz gut geklappt

Ein Elternpaar mit zwei kleinen quengeligen Kindern war gerade auf dem Bürgersteig anzutreffen. Die Kinder wollten zum Spielplatz, aber die Eltern haben einen großen Bogen darum gemacht. Warum nur? Ist der Spielplatz verseucht?

Neugierig blicke ich mich dort um. Ein rotweiß gestreiftes Absperrband signalisiert, dass man den Platz nicht betreten darf. Auf einem Schild steht im Namen der Stadtverwaltung geschrieben, dass aufgrund der Corona-Pandemie der Spielplatz nicht betreten werden darf.

Corona? Pandemie? Was sind das für fremdartige Wörter? Die habe ich noch nie gehört. Ich schließe aus den Worten, dass der Spielplatz verseucht ist. Wie konnte das passieren? Aber warum wirkt auch der Rest der Stadt verlassen, sogar die normalerweise überfüllte Bahn war fast leer? Das kann doch nicht mit diesem Spielplatz zusammenhängen. Waren hier während meiner Abwesenheit etwa Attentäter am Werk? Zwei der dunklen Gestalten vergnügen sich mit unangenehm schrillem Gelächter auf der Wippe. Ich wage einen Blick in ihre Richtung. Dort, wo die Menschen ein Gesicht haben, scheint pure Dunkelheit unter der Kapuze zu herrschen. Ich kann weder Hände noch Füße erkennen. Leere schwarze Kutten scheinen sich mit hämischem Gelächter auf der Wippe zu amüsieren.

Weitere schwarze Kutten sitzen auf dem Sandkasten und sind mit dunklen Stimmen in ein heftiges Wortgefecht verwickelt. Sprechende Kutten, wenn das nicht so gruselig wäre, würde ich mich darüber amüsieren.

Nur schnell weg hier, bevor sie mich noch entdecken. Nun kann ich verstehen, dass der Spielplatz gemieden wird. Ich hatte schon mehrfach den Eindruck, dass die Lebenden unbewusst die Nähe der Toten wahrnehmen und die Plätze dann meiden. Im Bus und im Flugzeug kam auch niemand auf die Idee sich auf den Sitz zu setzen, auf dem ich Platz genommen hatte, obwohl sie mich nicht sehen konnten.

Noch vor zwei Stunden hatte ich ein vertrautes Gefühl und nun stehe ich wieder ratlos und verängstigt da.

Wie immer in solch schrecklichen Situationen möchte ich mich am liebsten unter meiner Bettdecke verkriechen. Also begebe ich mich auf schnellstem Wege zum Möbelhaus, das wegen der Pandemie momentan geschlossen ist, wie ich feststelle.

Verborgen vor den Blicken von außen sitzt in der Nähe der Eingangstür ein schmutziger Mann mit einer Bierdose in der Hand. Der „Penner" hat sich in einen Schlafsack eingemummelt und lehnt mit zufriedenem Gesichtsausdruck an der Wand.

Das ist der erste zufriedene Mensch, den ich seit meiner Rückkehr aus dem Urlaub treffe. Er kann mich nicht sehen und rülpst lautstark, nachdem er die Dose geleert hat. Ansonsten tummeln sich hier nur wenige, trostlose Geister herum.

Niemand beachtet mich, irgendwie ist jeder mit sich selbst beschäftigt. Seltsamerweise scheint die trübe Stimmung der Menschen auf die körperlosen Wesen abzufärben.

Wenigstens gibt es in diesem Gebäude anscheinend keine gruseligen schwarzen Kutten.

Mit klopfendem Herzen betrete ich die Bettenabteilung. Ob Peter wohl hier auf mich wartet? Wie wird unsere Begegnung sein? Ich bin so aufgeregt wie ein Jugendlicher, der zum ersten Mal verliebt ist. Das Bedürfnis, mich umzudrehen und fortzulaufen überkommt mich. Ich mag so viel Aufregung nicht. Dann fällt mein Blick auf das Bett, unser Bett.

Fremde Leute liegen darin. Ein junges Pärchen in schwarzer Kleidung und Ringen in
den Nasen. Oh nein, noch mehr gruselige
Gestalten, das ertrage ich nicht.

Die jungen Leute bewerfen sich mit Kissen
und fallen zwischendurch immer wieder lachend übereinander her. Sie wirken ziemlich überdreht, aber harmlos. Trotzdem ent-
ferne ich mich schleunigst von diesem Ort.
Mein Herz klopft mir bis zum Hals. Das alles
ist zu viel für mich. Ich kann nicht mehr und
verkrieche mich in einer Straßenecke.

An die Hauswand gelehnt lasse ich mich
mit geschlossenen Augen nieder. Hört dieser Albtraum denn nie auf? Ich dachte immer, das Leben wäre schwer, aber tot sein
fühlt sich noch viel schwerer an.

Ich weiß nicht, wie lange ich hier schon gesessen habe als ich es wage, die Augen
wieder zu öffnen. Zwei Gestalten, die eindeutig nicht irdisch sind, sitzen neben mir.

Sie wirken beide fast durchsichtig, wie echte Geister, die man aus Filmen kennt.

Ein gütiges Lächeln umspielt ihre Mundwinkel. Das Wesen zu meiner Rechten hat einen bläulichen Schimmer und eine dunkelblaue Haarsträhne fällt ihm ins Gesicht. Er stellt sich als Guriel vor. Die andere mit dem violetten Schimmer scheint schon etwas älter zu sein und stellt sich als Sura vor. Seltsamerweise haben sie auf mich eine beruhigende Wirkung.

Freundschaftlich legt Sura ihre Hand auf meine und erklärt, dass die Zwei meine Schutzengel seien. Sie werden mir helfen, wenn es nötig ist und ich nicht mehr weiterkomme. Dann sind sie plötzlich wieder verschwunden.

Habe ich geträumt? Was soll ich nun tun? Warum versprechen sie zu helfen und lassen mich im nächsten Augenblick wieder im Stich? Mir ist zum Heulen.

Ich kann doch nicht ewig hier sitzen. Und ewig dauert in meinem verstorbenen Dasein wirklich ewig. Nein, das will ich nicht! Nun habe ich eine Idee. Das Bestattungshaus! Ich werde Sebastian besuchen, seine Nähe hat mir gutgetan. Was wohl inzwischen aus der kleinen Luna geworden ist?

Entschlossen lenke ich meine Schritte dorthin und trete erwartungsvoll durch die verschlossene Tür. Eine seltsame Stimmung schlägt mir entgegen und wieder überkommt mich das ungute Gefühl, vor dem ich eigentlich flüchten wollte.

Das Büro und auch die anderen Räume wirken unaufgeräumt. Überall stehen Särge und Urnen herum und auf den Tischen türmen sich Berge von Papieren und Ordnern. Einige schwer atmende Menschen sitzen zusammengekauert in den Ecken und ringen nach Luft. Andere reden ihnen gut zu und versuchen sie zu beruhigen. Zwei von ihnen tragen einen weißen Kittel.

Eine der Weißkittel kommt fragend auf mich zu. Ich schätze sie auf Mitte vierzig.

Das dunkle Haar fällt etwas zerzaust auf die Schultern. Tiefe Sorgenfalten haben sich in ihr Gesicht gegraben. Allerdings sind auch die Lachfältchen nicht zu übersehen. Ein Zeugnis dafür, dass die Dame trotz vieler Sorgen ein fröhlicher Mensch ist.

„Kann ich etwas für dich tun?" fragt sie angespannt. „Nein, ich wollte zu Sebastian und der kleinen Luna," antworte ich unsicher. Sie deutet mit einer Kopfbewegung auf die Tür zum Hinterzimmer. Dankbar folge ich ihrer Anweisung und betrete erwartungsvoll den Raum, der zu meiner Enttäuschung leer ist. Suchend blicke ich mich um. Nein, es ist wirklich niemand in diesem Zimmer zu sehen.

„Setz dich," fordert mich die Frau auf und lässt sich erschöpft auf einem der edlen braunen Ledersessel nieder. Ich setze mich in den Sessel gegenüber, auf der anderen

Seite des kleinen Tischchens. Es sind die einzigen Sessel die frei sind, die anderen beiden und das Zweisitzer Sofa sind mit Ordnern und Papieren überhäuft.

Genüsslich zündet sie sich eine Zigarette an, während ich angespannt auf der vorderen Kante meiner Sitzgelegenheit hin und her wippe. Was ist denn nur passiert? Ist Sebastian nun doch zu seinen Eltern gegangen und hat die kleine Luna mitgenommmen?

„Hast mal ne Zigarette?" ertönt ein dünnes Stimmchen aus der hinteren Ecke des Raumes und ich muss lachen. Diese alte Frau kenne ich doch. Es ist die verstorbene Mutter des Bestatters. Ich hatte sie in ihrer Ecke gar nicht wahrgenommen. Bedauernd schüttle ich den Kopf. Nein, leider nicht.

Verständnisvoll hält meine Gesprächspartnerin ihr die Schachtel hin, aber die alte Dame reagiert gar nicht darauf und fällt, ohne eine Miene zu verziehen, wieder in ihre Lethargie zurück. Sie trägt immer noch ihre Schürze und auch einer der Stützstrümpfe ist, wie bei meinem letzten Besuch, bis zum Knöchel heruntergerutscht.

Es war vermutlich nur eine Routinefrage die sie jedem stellt, der hereinkommt. Die Frau scheint die einzige Konstante hier im Haus zu sein.

„Hallo erst mal," reißt mich mein rauchendes Gegenüber aus meinen Gedanken. „Ich bin Felicitas und eine der Krankenschwestern hier." Wieder wirbeln die Gedanken durch meinen Kopf.

Krankenschwester? Wer ist denn krank? Das hier sind doch alles Verstorbene, das kann ich erkennen. Wieso haben sie eigentlich diese Atembeschwerden? Wenn man tot ist merkt man doch nichts mehr. Das weiß ich genau, schließlich gehöre ich auch dazu.

Obwohl – manchmal habe ich diese furchtbaren unangenehmen Gefühle, fährt es mir durch den Kopf. Kann man dann auch das Gefühl der Atemnot haben? Ist nicht Schmerz auch ein Gefühl? Vielleicht können wir keine körperlichen Schmerzen mehr haben, aber seelische?

Aber Atemnot ist doch ein körperliches Empfinden oder etwa nicht? Ohje, diese Welt treibt mich noch in den Wahnsinn!

Mit einem dezenten Lächeln beobachtet mich meine Gesprächspartnerin. Die feinen Grübchen, die sich dabei in ihren Wangen bilden sind wirklich sehr reizend, stelle ich fasziniert fest.

„Bist du eine Freundin von Sebastian?" will sie wissen „Ja, das kann man so sagen," antworte ich erwartungsvoll. „Ich bin Gabi und war einige Zeit verreist. Wann sind die Zwei denn wieder zurück?" erkundige ich mich erwartungsvoll.

Felicitas schüttelt den Kopf. „Weder Sebastian, noch Luna kommen wieder zurück." Tiefe Enttäuschung breitet sich in mir aus und ich könnte schon wieder heulen. Haben meine Schutzengel nicht gesagt, dass sie bei mir sind, wenn ich sie brauche? Ich brauche jetzt unbedingt eine Aufmunterung. Suchend blicke ich mich im Zimmer um, aber niemand außer der fast unsichtbaren alten Frau, Felicitas und mir sind zu sehen.

Mir kommt eine Idee. „Wo sind sie denn hin? Ich könnte ihnen nachreisen." „Das wirst du, irgendwann. Aber dafür ist die Zeit noch nicht reif.

Sebastian hat seine Mission erfüllt und seine Schuld hier auf Erden abgetragen. Er ist weiter in höhere Ebenen, ins Licht gereist. Die kleine unschuldige Luna durfte mit. Sie sind dort sehr glücklich." Entgegnet die Krankenschwester sehnsüchtig.

Verzweifelt lehne ich mich in den Sessel zurück. Was nun? Alle vertrauten Wesen in dieser Scheinwelt sind fort. Erwin der Penner, mein guter Freund Sebastian und die kleine Luna. Auch Gitti ist schon auf dem Weg dorthin. Ich beginne dieses Licht zu hassen, das mir meine Freunde nimmt. Hoffentlich hat es nicht Peter auch schon verschluckt.

Ich wüsste nicht, wo ich nach Peter suchen sollte. Sebastian hatte wenigstens einen festen Ort, an dem ich ihn immer antreffen konnte. Aber Peter könnte überall sein und mir wird bewusst, dass ich gar nichts über ihn weiß.

„Warum leiden die Menschen hier im Haus eigentlich unter Atemnot?" versuche ich mich selber von meinem Elend abzulenken. Nachdenklich drückt Felicitas ihre Zigarette aus und ich mustere sie etwas näher. Ihr Scheitel ist schief. Anscheinend hatte sie keine Zeit, um sich ordentlich zu frisieren. Aber ihre dunklen Augenbrauen sind wohl-geformt, vermutlich zurechtgezupft. Sie schiebt die Brauen zusammen und die Zor-nesfalte vertieft sich.

„Es wütet ein Virus," beginnt sie ihre Erzählung. „Nicht nur hier in Deutschland, sondern auf der ganzen Welt."

Sonderbar, davon habe ich in Ägypten gar nichts mitbekommen, stelle ich verwundert fest.

„Dieses Virus ist hochansteckend und hat schon viele Todesopfer gefordert. Leider hat man in den vergangenen Jahren viele Krankenhäuser geschlossen, sodass die Intensivstationen der noch vorhandenen Krankenhäuser voll belegt sind. Die Menschen dürfen nur noch allein oder zu zweit die Wohnung verlassen. Die Spielplätze sind gesperrt, damit sich dort nicht zu viele Leute tummeln und sich gegenseitig anstecken. Alle Läden und Lokale mussten schließen, nur Lebensmittelläden und Baumärkte dürfen öffnen."

Unfassbar, deshalb ist die Stadt wie ausgestorben.

Feli, wie ich sie nennen darf, erklärt mir die momentane Weltlage und immer wieder frage ich mich, warum ich in Ägypten davon nichts mitbekommen habe. Dort war die Welt doch noch in Ordnung. Erzählt sie mir irgendeine Lügengeschichte?

„Dies ist die offizielle Version," schließt sie ihren Bericht. „Wir in dieser Welt wissen mehr, allerdings steht es uns nicht zu, darüber zu urteilen."

„Aber warum leiden einige Menschen hier im Haus so stark unter Atemnot?" erkundige ich mich besorgt.

„Diese Menschen sind erstickt, das ist eine Folge der Krankheit. Dieses Virus wurde übrigens bewusst in die Welt hinausgeschickt. Wie immer, geht es nur um Macht."

„Aber diese Wesen sind doch tot und merken eigentlich nichts mehr," wundere ich mich. Feli zuckt mit den Achseln. Diese Frau wird mir mit jedem Satz den wir tauschen sympathischer. Sie hat eine warme, herzensgute Ausstrahlung.

„Sie wissen nicht, dass sie tot sind. Diese Atemnot, unter der sie leiden, ist nur Einbildung. Du kennst es noch aus deinem Leben, das hat jeder einmal irgendwann durchgemacht.

Meine Aufgabe als Krankenschwester ist es, ihnen das bewusst zu machen. Das ist allerdings nicht so einfach. Viele halten dermaßen fest an ihrem Glauben, dass gutes Zureden nicht hilft."

Wieder einmal wundere ich mich, dass mein Gegenüber, im Gegensatz zu mir, so viel über dieses „Jenseits" weiß. Dabei ist es doch auch schon eine Weile her, seit ich gestorben bin.

Ich erzähle ihr meine Geschichte. Von Hilde und Peter und meiner Aufgabe, die ich erfüllen muss. Anscheinend habe ich Feli dabei dermaßen treuherzig angesehen, dass sie herzlich lachen muss. „Du wirst es schaffen, Gabi, früher oder später. Besser früher, als später", rät sie mir. „Wenn „Deine" Hilde erst einmal in diese Welt übergegangen ist wird es schwieriger.

Peter wird dich finden, wenn es so sein soll. Er weiß doch von deiner Mission," muntert sie mich auf.

„Mein Auftrag hier scheint hingegen unendlich," stellt sie traurig fest. „Ich muss hierbleiben, bis alle Seelen begriffen haben, dass sie die materielle Welt inzwischen verlassen haben."

„Aber warum denn das?" frage ich erschüttert. „Ich bin Krankenschwerster mit Leib und Seele. War immer für andere Menschen da und wollte auch über den Tod hinaus nützlich sein. Ich bin schon vor einigen Jahren gestorben, hatte mich bei einem Patienten mit AIDS angesteckt. Er hat mich um ein Jahr überlebt und wir haben uns in der Uniklinik wiedergetroffen. Es hat ihm sehr leidgetan, dass er mich angesteckt hat, deshalb hilft er mir jetzt hier."

Sie ist also auch schon seit Jahren in dieser seltsamen Welt, stelle ich beruhigt fest. Also bin ich nicht dümmer als die Anderen. Das Gespräch mit Feli hat mir wieder Hoffnung gegeben, Peter zu treffen. Allerdings vermute ich, dass ich meine neu gewonnene Freundin nicht wiederzusehen werde. Bis jetzt hat das Licht all meine Freunde aus dieser Welt zu sich geholt. Sicher wird auch Feli bald in höhere Ebenen aufsteigen. Schließlich tut sie mehr Gutes, als viele andere.

Freundschaftlich verabschieden wir uns und ich verlasse dieses ungemütliche Haus mit der Gewissheit, nicht wieder zurückzukommen.

Mit einem mulmigen Gefühl schlendere ich durch die menschenleeren Straßen. Unglaublich, es ist mitten am Tag, das Wetter ist herrlich und kein Mensch ist zu sehen.

Auf den Straßen sind mir bisher auch nur drei Autos begegnet.

In einem der Vorgärten sitzt müffelnd ein Kaninchen und schaut mit verträumten Augen in die Welt. Anscheinend wagen sich nun die Wildtiere weiter vor, in diese fast menschenleere Gegend.

Die Cafe´s sind geschlossen, also könnte ich Hilde daheim antreffen. Mit klopfendem Herzen begebe ich mich zum Haus meiner ehemaligen Geliebten.

Ihr Cabrio, das sie von meinem Geld erworben hat, steht in der Einfahrt. Sie hat sich inzwischen neu eingerichtet. Keins der Möbelstücke kommt mir bekannt vor. Ein elefantengraues breites Ecksofa steht an der Fensterfront, davor ein Couchtisch aus schwerem Eichenholz. Auf dem Tisch dümpeln eine halb leere Obstschale, allerlei Zeitschriften und sonstige Utensilien vor sich hin. Hilde war noch nie besonders ordentlich.

Ein mittelgroßer Fernseher steht in der Anbauwand aus Eichenholz. Der Esstisch auf dem anderen Ende des geräumigen Wohnzimmers kommt mir bekannt vor. Davon hatte sie schon zu unseren Zeiten geschwärmt. Nun hat sie sich also diesen Wunsch erfüllt. Auch die passenden Stühle hat sie schon zu meinen Lebzeiten begehrt. An diesem Tisch ist Platz für 12 Gäste. Hilde hat schon immer gern gefeiert.

Die Dame des Hauses sitzt entspannt auf einem bequemen Fernsehsessel, der dieselbe Farbe wie das Sofa hat. Die Deckenlampe hat den gleichen, leicht melierten Schirm, wie die Stehlampe. Ich finde es gemütlich und würde mich hier auch wohlfühlen.

Hilde lässt ein Bein lässig über die Lehne baumeln und spricht mit säuselnder Stimme in den Telefonhörer, der zwischen der rechten Schulter und dem Ohr klemmt. Mit der linken Hand blättert sie gelangweilt in einer Zeitschrift. Ihre Haare sind gewachsen und hängen nun bis auf die Schultern. Spielerisch dreht sie eine Strähne um den rechten Zeigefinger.

Ich kann ihre Aura sehen, die Farben gefallen mir gar nicht. Das Wurzelchakra ist zartrosa, ansonsten ist sie von verschiedenen Grautönen umgeben. Eine seltsame hundeähnliche Kreatur sitzt direkt neben ihr und himmelt sie an. Ein derart hässliches Lebewesen habe ich noch nie gesehen, dagegen sind Hyänen wahre Schönheiten.

Das schwarz-grau gestreifte Fell hängt räudig und in unterschiedlicher Länge am ausgemergelten Körper herab. Die trüben dunklen Augen haben einen rötlichen Schimmer. Das Wesen, das sich nun hingebungsvoll an Hildes Bein reibt, ist kein irdisches. Hilde kann es nicht sehen.

Ein furchtbarer Hustenanfall erschüttert Hildes Körper, bevor sie ihr Gespräch fortsetzt.

Diesen zärtlichen Tonfall kenne ich, vermutlich spricht sie gerade mit ihrer Liebschaft.

Das Wesen hat wieder von ihr abgelassen und sitzt nun schmachtend neben ihr. Es wirkt auf mich sehr angsteinflößend. Glücklicherweise beachtet es mich nicht. Es sitzt einfach nur neben Hilde und beobachtet sie, wie ein treues Schoßhündchen.

Hildes Aura wechselt plötzlich in ein helleres Grau.

„Ich muss auflegen, es hat geläutet," höre ich sie noch sagen, dann springt sie auf und eilt zur Haustür. Ich war so sehr auf Hildes Anblick und das seltsame Hundewesen konzentriert, dass ich die Klingel überhört habe.

Freudig nimmt Hilde mehrere Pakete in Empfang, die der Postbote vor der Tür abgestellt hat. Anscheinend ist die gute Frau immer noch kaufsüchtig und hat nun meiner

Nachfolgerin das Geld aus der Tasche gezogen.

Die Bilder unserer letzten gemeinsamen Zeit schießen mir durch den Kopf. Ich muss daran denken, wie sie und ihr „liebes Söhnchen" mich unter Druck gesetzt haben, um das Testament zu Thomas´ Gunsten zu ändern.

Nie werde ich den entsetzten Blick meines Stiefbruders vergessen, als der Notar ihn bei der Testamentseröffnung über die Änderung informierte. Rechtmäßig hätte ihm die Hälfte der Villa zugestanden, aber er hat sich auch nie darum gekümmert. Selbst schuld, denke ich trotzig.

Außerdem besitzt Fritz ein eigenes Haus, daher brauchte ich damals kein schlechtes Gewissen wegen dem neuen Testament haben, verteidige ich mich weiter. Ich konnte ja nicht ahnen, dass er wegen dem neuen Testament nächtelang nicht schlafen konnte.

Plötzlich ist die Vergangenheit wieder so präsent, als wäre es erst vor einigen Stunden passiert.

Ich erinnere mich daran, wie Hilde meine Gutgläubigkeit ausgenutzt, die Herztabletten entsorgt und mir ein angebliches Naturheilmittel für´s Herz gegeben hat. In meiner Naivität hatte ich ihr vertraut.

Und wie schnell Hilde und Thomas alle wertvollen Dinge aus dem Haus entfernt hatten, bevor sie die Polizei über mein Ableben informierten – unglaublich.

Eine unbeschreibliche Wut steigt in mir hoch und ich hole aus, um ihr einen kräftigen Schlag ins Gesicht zu verpassen. Das war schon lange fällig.

Das Hundewesen setzt vor Schreck mit glühenden Augen zum Sprung an. Den hatte ich in meiner Wut ganz vergessen. Instinktiv springe ich zur Seite, als sich plötzlich ein zarter bläulicher Nebel zwischen dem Hund und mir schiebt. Dieser trollt sich

demütig wieder zu Hilde, wo er zusammengekauert das weitere Geschehen beobachtet.

Hilde, die ihre Pakete auf dem Esstisch abgestellt hatte, war gerade dabei das erste
zu öffnen, als mein Schlag sie traf. Erstaunt
hält sie sich die Wange. Triumphierend
schau ich ihr nach, wie sie ins Bad eilt.

„Nicht schlecht," ertönt eine vertraute Män-
nerstimme vom anderen Ende des Wohnzimmers und mein Herz macht einen
Sprung.

Peter. Peter? Tatsächlich, es ist Peter,
mein Peter. Lachend sitzt er mit verschränkten Armen und übereinander ge-
schlagenen Beinen auf dem elefanten-
grauen Ledersofa und nickt mir anerken-
nend zu. „So viel Temperament hätte ich dir
gar nicht zugetraut."

Nun schäme ich mich für meinen Gefühls-
ausbruch und schau ihn nur verdattert an.
Er ist da, er ist wieder da. Ich kann es gar

nicht fassen und fühle mich wie gelähmt. Vergessen sind das dunkle Wesen und der hellblaue Nebel, der vermutlich meinem Schutzengel gehörte. Ich habe nur Augen für Peter.

Fröhlich stürmt er nun auf mich zu und schon liegen wir uns in den Armen. Mir rinnen die Tränen über das Gesicht und alle Last, alle Sorgen fallen von mir ab. Jetzt wird alles gut, wir sind wieder zusammen.

Hilde erscheint wieder gut gelaunt im Wohnzimmer, um ihre „Beute" weiter auszupacken.

Fröstelnd reibt sie sich die Hände und dreht die Heizung etwas höher, während Peter und ich uns an den Händen haltend auf das Sofa begeben. „Wo bist du in der Zwischenzeit gewesen?" erkundige ich mich neugierig.

„Ich hatte noch Dinge zu bereinigen," teilt er mir ausweichend mit. In seiner Nähe fühle ich mich sicher. Er widmet dem

Hundewesen keines Blickes, also ist das Tier vermutlich ungefährlich.

„Und wie ist es dir ergangen?" erkundigt er sich interessiert, ohne den Blick von der zufriedenen Hilde zu lassen.

Die hat sich gerade ein rosé - farbenes Cocktailkleid angezogen und eilt in den Flur, um sich im Spiegel von allen Seiten zu bewundern. Ihre Aura hat nun kurz ein dezentes hellblaues Leuchten und wechselt dann wieder in das grau.

Ein weiterer Hustenanfall packt sie. Hilde krümmt sich, als hätte sie dabei Schmerzen, während das dunkle Tier zufrieden um ihre Beine streicht. ´Die Arme ist doch nicht etwa krank?` denke ich besorgt.

Sie wirft einen weiteren Blick in den Spiegel. Mit einem Schulterzucken entledigt sie sich dann wieder diesen traumhaften „Fummels".

„Es gibt sowieso keine Gelegenheit, das zu tragen., „murmelt sie enttäuscht vor sich hin. Am liebsten hätte ich Peter die Augen zu gehalten. Der lässt den Blick nicht von meiner Ex, die gerade in lachsfarbener Seidenunterwäsche an ihrem Esstisch steht und weiter in den Kartons herumwühlt. Inzwischen hat sie alle mit einem Küchenmesser geöffnet.

„Keine schlechte Figur, die alte Dame" meint er bewundernd. „Treibt sie Sport?" Eifersüchtig knuffe ich ihm mit dem Ellenbogen in die Rippen und zucke mit den Schultern. Wieder ist mir zum Heulen. Ich muss an die alternde Blondine denken, mit der er während unseres Kennenlernens um die Häuser gezogen ist. `Die Katze lässt das mausen nicht´. Dieser Spruch trifft wohl auch auf ihn zu.

„Hey, das ist doch kein Grund zur Eifersucht!" Er nimmt mich versöhnlich in die Arme und mir geht es gleich wieder besser. Hilde zieht inzwischen eine Wildlederhose im Tigerlook über, die ihr viel zu eng ist.

Triumphierend blicke ich Peter an. Meine Ex versucht vergeblich, den Knopf zu schließen. Ihr Bauch ist zu dick. Peter, der meinen Blick bemerkt, grinst amüsiert und drückt mich noch fester an sich.

Das Hundewesen schnuppert neugierig an Hildes Beinen und eine Sabberschicht fließt aus seinem Maul. Er wedelt nun sogar freudig mit dem Schwanz. Gefällt ihm der Tigerlook?

Nun zaubert die Dame des Hauses eine weitere Hose der gleichen Art aus dem Karton. Hier bekommt sie den Knopf zu und eilt erfreut in den Flur. Dort betrachtet sie sich selbstzufrieden von allen Seiten. Ihr vierbeiniger Schatten hatte sich gerade wieder entspannt niedergelegt und nun Mühe, ihr auf die Schnelle in den Flur zu folgen. Aber er weicht nicht von ihrer Seite.

Hilde war nie ein Tierfreund. Wenn sie wüsste, dass ihr nun ein seltsamer Vierbeiner auf Schritt und Tritt folgt…

Sie hat immer noch ein schönes Hinterteil, das muss ich bewundernd zugeben. In mir wächst das Verlangen, sie zu berühren, so wie ich es früher getan habe. Sie würde es nicht einmal bemerken, ich bin für sie ja unsichtbar. Mein Blick richtet sich verstohlen auf Peter. Nun hätte er Grund zur Eifersucht.

Ich hoffe innigst, dass er meine Gedanken nicht bemerkt und küsse ihn sanft auf den Mund. Hilde zieht sich inzwischen einen beigefarbenen Kaschmirpullover über und tänzelt wieder fröhlich zum Spiegel.

Das Telefon klingelt und sie nimmt genervt ab. Dann verwandelt sich ihre Stimme erneut in ein Säuseln. Auf diese Art bekommt sie eigentlich immer was sie will, man kann ihrem Charme einfach nicht widerstehen. Peter ist meine plötzliche Aufmerksamkeit nicht entgangen und auch er bemüht sich nun gespannt, dem Gespräch zu folgen.

„Es geht los," flüstert er mir verschwörerisch zu und ich nicke wissend. Wir sind beide inzwischen aufgesprungen und stehen neben Hilde.

Der Vierbeiner beachtet uns nicht weiter und streicht immer wieder verliebt um ihre Beine, was jedes Mal einen Hustenreiz in ihr auslöst. Vermutlich ist Hilde gegen das Wesen allergisch.

Vom anderen Ende der Leitung erklingt eine zerbrechliche, weinerliche Stimme. Ich habe die Frau noch gut in Erinnerung von damals, als die Beiden turtelnd im Lokal saßen. Von der edlen, selbstbewussten Dame scheint nicht mehr viel übrig zu sein. Verzweifelt erklärt sie Hilde, wie schlecht es ihr heute doch gehe und dass der Weg vom Sofa zur Toilette für sie kaum zu schaffen sei.

Hilde redet beruhigend auf sie ein, immer wieder einen Blick auf ihre Pakete gerichtet.

Dort warten noch einige Kleidungsstücke auf ihre Begutachtung.

„Gerda, ich habe hier noch einige dringende Dinge zu erledigen," teilt sie ihrer Freundin geschäftig mit, während sie entzückt über einen mintgrünen Blazer streicht. „Du nimmst jetzt deine Oleandertropfen, so wie ich es dir gesagt habe. Wenn es dir immer noch nicht besser geht, war die Dosis zu gering. Ich rate dir, anstatt 20 Tropfen 30 zu nehmen. Bei der Naturmedizin dauert es einige Tage, bis die Wirkung einsetzt, das habe ich dir doch gesagt," spricht Hilde betont langsam, als würde sie mit einem Kind reden.

Währenddessen hält sie mit der anderen Hand entzückt den Blazer zur Begutachtung hoch.

Plötzlich entdecke ich meine beiden Schutzengel, die ich in Ägypten kennengelernt habe. Nanu, was machen die denn hier? Sie hatten doch angekündigt, dass sie mir beistehen, wenn ich in Gefahr bin. Das bin ich doch gar nicht, oder? Ängstlich blicke ich mich um. Peter ist bei mir und Hilde ist auf einer anderen Ebene, die kann mir nichts tun. Das hundeähnliche Wesen kauert friedlich vor sich hindösend zu Hildes Füßen. Ich bin nicht in Gefahr.

So ist das wohl. Als ich sie brauchte, waren sie nicht da. Nun, wo für mich alles in Ordnung ist – aber was ist das? Zwei der seltsamen schwarzen Kutten vom Spielplatz haben das Zimmer betreten. Ein kalter Schauer läuft mir über den Rücken.

Auch Hilde zieht die Schultern fröstelnd etwas höher und will die Heizung höherstellen. Allerdings sind die Heizkörper bereits heiß und auf höchster Stufe. Trotzdem ist es nun eisig im Zimmer und ich sehe die Wolke beim ausatmen aus ihrem Mund entweichen. Bringen die Schattengestalten eisige Kälte mit sich?

Entsetzt sucht meine Hand nach Peters. Er lässt sich von den Gestalten nicht ablenken und lauscht weiter dem Gespräch.

Mit dem Hörer in der Hand geht Hilde zum Fenster um festzustellen, dass es fest verschlossen und die Kälte nicht von draußen hereinkommt. Der Vierbeiner hat sich unauffällig unter dem Esstisch verkrochen. Anscheinend fürchtet auch er sich vor diesen düsteren Wesen.

„Ich bin in etwa zwei Stunden bei dir, Liebes. Nimm jetzt bitte deine Tropfen und dann legst du dich wieder hin bis ich da bin," säuselt Hilde weiter.

„Ich kümmere mich darum," raunt Peter mir eilig ins Ohr und ist verschwunden. Und schon bin ich wieder überfordert. Worum kümmert er sich und warum verschwindet er so schnell, wo wir uns doch gerade erst wieder gefunden haben?

Warum lässt er mich jetzt allein, mit diesen seltsamen Wesen die sich allmählich nähern? Glücklicherweise sind meine Schutzengel zur Stelle und bilden eine Mauer zwischen mir und den schwarzen Kutten. Ich weiß nicht, ob die dunklen Wesen es auf mich oder Hilde abgesehen haben. Sie weichen erschrocken zurück und lösen sich langsam, ebenso wie die Schutzengel, in Nichts auf.

Das war vermutlich nur ein Tagtraum, ein Tag-Alptraum versuche ich mir die Begebenheit zu erklären.

Hilde legt den Hörer auf und widmet sich wieder mit Gelassenheit und einem zufriedenen Lächeln ihren bestellten Kleidungsstücken. Der Blazer steht ihr wunderbar und nachdem ich mich vergewissert habe, dass wirklich niemand mehr anwesend ist kann ich nicht umhin, ihr entzückendes Hinterteil sanft zu berühren. Wie oft haben wir zusammengelegen und uns überall gegenseitig gestreichelt...Der seltsame Hund hat sich währenddessen erhoben und beobachtet mich argwöhnisch, aber er wagt es nicht, sich mir zu nähern.

Schnell verdränge ich die Sehnsucht, die sich in mir breit machen will. Diese Frau kann süchtig machen. Aber nicht mit mir, die Zeiten sind vorbei!

Gemächlich wählt sie die Kleidungsstücke aus, die in ihren Besitz übergehen. Die zu enge Hose und noch zwei andere Teile landen wieder im Karton, der Rest im Kleiderschrank.

Plötzlich wird mir bewusst, warum Peter so schnell verschwunden war. Er will die arme Gerda retten. Auch ich bin damals auf den Trick mit den Oleandertropfen hereingefallen. Es hat mich das Leben gekostet. Vermutlich ist das heute bei Gerda die letzte Dosis, dann hat Hilde auch Gerdas Leben auf dem Gewissen und erbt vermutlich auch das Vermögen. Ich hoffe innigst, dass Peter die arme Frau noch retten kann.

Zufrieden wählt Hilde die Nummer ihres Sohnes. „Thomas, ich glaube heute ist es so weit. Es geht ihr schon ziemlich schlecht." Freudig reibt der Hund sich wieder an ihren Beinen und sie fällt in einen weiteren Hustenanfall.

„Mama, du solltest aufhören mit Rauchen," ermahnt Thomas sie. Hilde geht nicht weiter auf seine Worte ein. „Gerda wird jetzt noch eine Dosis nehmen, dann könnten wir es geschafft haben." Sie legt ihren Kopf in den Nacken und blickt auf die silberne Funkuhr, die über der Tür hängt. – Wie ich diese Geste liebe. Diese Frau kann einem den Verstand rauben. Ich stelle mich so nah an sie, wie es nur geht und versuche ihren Duft wahrzunehmen. Betörend. 4

Ich kann das vierbeinige Wesen verstehen, das mich nun fast schon freundlich ansieht. Träumerisch schließe ich die Augen und rufe mir unsere intimen Stunden in Erinnerung.

„Wie sieht es bei dir aus? Bist du in 2-3 Stunden abkömmlich? Wir müssen im Haus sein, bevor jemand anderes sie findet," reißt Hildes geschäftige Stimme mich aus meinen Träumereien in die harte Wirklichkeit zurück.

„Gabi", ermahnt mich eine weitere, etwas verzerrt klingende Stimme. Ein violett schimmerndes Etwas steht neben mir. Es ist Sura, mein weiblicher Schutzengel und fast bin ich ihr dankbar, dass sie mich wieder zur Vernunft bringt.

Ich dumme Liese, wie konnte ich nur wieder auf Hildes Charme hereinfallen. Hoffentlich kann Peter die andere Frau noch retten, bevor sie sich mit den Tropfen vergiftet.

Ich bemerke etwas Eifersucht in mir. Er ist mit der vornehmen Dame vermutlich allein in ihrer Wohnung. Aber derartige Gefühle sind hier nun wirklich fehl am Platze, schelte ich mich selber. Der sprechende, feine violette Nebel ist wieder fort. Na wenigstens sind meine Schutzengel nicht ganz verschwunden, ich hatte schon befürchtet, dass sie sich für immer im Nichts aufgelöst haben.

Sie sind also wirklich da, wenn es nötig ist. Das ist sehr beruhigend. Glücklicherweise haben die dunklen Gestalten mir nichts Derartiges versprochen. Auf deren Anwesenheit lege ich absolut keinen Wert. Aus Furcht, sie dadurch wieder heraufzubeschwören bemühe ich mich, nicht mehr daran zu denken.

Hilde füllt den Retourenschein aus, klebt den Karton beflissen wieder zu und stellt ihn in den Flur. So flink habe ich sie gar nicht in Erinnerung. Damals hat es immer Tage, manchmal Wochen gedauert, bis sie sich um geschäftliche Dinge gekümmert hat. Manchmal war es dann schon zu spät. Dann durfte ich meist mit meinem Geld aushelfen, um ihre Schulden zu begleichen.

Aber wer weiß, vielleicht hat sie ja dazu gelernt. Vielleicht hat sie auch etwas anderes vor, was keinen Aufschub duldet?

Erschöpft lässt sich Hilde auf das Sofa fallen und schaltet den Fernseher an. Der seltsame Hund legt seinen Kopf auf ihren Schoß, was einen bellenden Hustenreiz in ihr auslöst.

So ist es also, wenn sie ihrer Liebsten erzählt, sie müsse noch arbeiten, denke ich voller Wut und Enttäuschung. Wie oft habe ich sehnsüchtig auf sie gewartet. Dann kam Hilde meist Stunden später, weil sie angeblich von Geschäften aufgehalten wurde.

Wieder einmal wird mir bewusst, dass sie alles nur gespielt und nie wirkliches Interesse an mir hatte. Sie wollte nur mein Vermögen.

Tränen der Enttäuschung steigen in mir hoch. Ich kann ihre Nähe nicht mehr ertragen und setze mich an den Esstisch am anderen Ende des Zimmers. Hilde zappt genervt durch das Fernsehprogram, immer wieder auf die Uhr blickend.

Deprimiert lasse ich meinen Kopf auf die Tischplatte sinken. „Ein goldenes Schmuckstück mit rotem Stein," ertönt es aus dem Fernsehgerät. Die Sendung „Bares für Rares" hat sie früher schon gerne gesehen.

Eigentlich möchte ich fort von hier, aber wohin? Nein, ich kann nicht immer nur weglaufen, dann nimmt das Drama nie ein Ende. Das Telefon klingelt. Dieses Mal klingt Hildes Stimme sehr unfreundlich. Dem Gespräch nach zu urteilen ist es ein Vertreter, der ihr einen Vertrag aufschwatzen möchte. Wütend legt sie auf, ohne sich zu verabschieden. Auch so kenne ich „meine" Hilde. Wenn es nicht so läuft wie sie es wünscht, kann sie ganz schön ungemütlich werden. Besser man fügt sich ihren Vorstellungen. Gemeinsam warten wir, nur Hilde, das schwarze vierbeinige Geistwesen und ich.

Ängstlich blicke ich mich im Wohnzimmer um. Sind wir wirklich allein? In dieser Geisterwelt weiß man nie. Nun warten wir wirklich gemeinsam. Das hatten wir nur sehr selten, wird mir gerade bewusst. Meist habe immer nur ich alleine gewartet.

In diesem Moment haben wir etwas Gemeinsames, das hatte ich mir damals immer gewünscht. Der Zeiger der silbernen Uhr über der Tür rückt voran. Es ist 16:00 Uhr, die Sendung ist zu Ende und Hilde greift erneut zum Handy.

Während ich ihr unauffällig über die Schulter schaue, tippt sie „ich fahre jetzt los" ein. Die Nachricht geht an ihren Sohn Thomas. Hoffentlich konnte Peter die arme Gerda noch retten. Ich verlasse gemeinsam mit meiner Ex und ihrem hässlichen vierbeinigen Begleiter das Haus und wir steigen in ihr wunderschönes gelbes Cabrio mit schwarzem Verdeck. Diesen Audi A 3 hat sie von meinem Geld erworben, denke ich bitter.

Ich setze mich freiwillig auf die Rückbank. Neben Hilde im Fußraum kauert ihr vierbeiniger schwarzer Schatten. Neben dem Vieh möchte ich nicht sitzen. Dann lieber die Rückbank, denke ich angeekelt. Mit hochgezogener Oberlippe schaut er mich an und gibt ein kurzes Knurren von sich.

Falls dieses Wesen wirklich Zähne hat, sind sie so dunkel, dass ich sie nicht gesehen habe. Das sollte wohl nur eine Warnung von dem räudigen Vieh sein. Nun liegt er wieder zufrieden ganz nah zu Füßen seiner Angebeteten, was erneut einen heftigen Hustenreiz in ihr auslöst.

´Wenn Hilde wüsste, dass sie nicht allein im Auto ist,´ denke ich schadenfroh.

Nervös würgt sie beim losfahren das Fahrzeug ab. Nun bemerke ich auch, dass ihre Hände ein wenig zittern. Ist es die

Vorfreude auf das erwartete Erbe oder hat sie doch Gewissensbisse?

Nach etwa einer halben Stunde hält sie vor einem riesigen Tor, das sie mit der Fernbedienung öffnet. Die Anlage sieht sehr gepflegt aus. Eine Pappelallee säumt den etwa 100 Meter langen Teerweg, der zu einem zwei-geschossigem, weißen Gebäude mit rotem Ziegeldach führt.

Die riesige Eckterrasse wird von weißen Säulen gehalten und ist ebenfalls mit einem roten Ziegeldach gedeckt. Der Terrassenboden besteht aus einer Art braunem Parkett. Alles wirkt sehr edel, groß und hell. Dagegen erscheint meine Villa wie eine Sozialwohnung.

Nachdem sie das Auto geparkt hat, zündet sich Hilde fahrig eine weitere Zigarette an und wirft einen Blick auf das Handy. Ihr vierbeiniger Begleiter schaut Hilde verständnislos an und rollt sich an der äußeren rechten

Beifahrerseite zusammen. Die wachsamen Augen hält er weiterhin auf mich gerichtet.

Das Handy klingelt und Thomas teilt ihr mit, dass er sich verspäten wird, er hat noch ein wichtiges Kundengespräch in der Bank.

Erschöpft lehnt Hilde ihren Kopf zurück und nimmt einen letzten tiefen Zug von der Zigarette, bevor sie den glimmenden Stummel im Aschenbecher zerdrückt.

Dass sie aber auch immer rauchen muss! Das hat mich damals am meisten gestört an ihr. Und dann noch in dem neuen Auto… Verständnislos schüttle ich den Kopf.

Hilde versucht mit halb geschlossenen Augen zu entspannen, als sich die Haustür öffnet und eine kränkliche Dame zur Tür herausschaut. Ich musste zweimal hinschauen, um die adrette Frau wiederzuerkennen, mit der ich Hilde einst gesehen hatte. Nun wirkt sie mindestens zehn Jahre älter. Ihre Haut ist aschfahl, etwas gelblich, die Augen gerötet.

Aber sie lebt. Peter hat es geschafft. Er steht neben ihr und versucht sie unauffällig zu stützen, sie ist doch sehr wackelig auf den Beinen.

Beim Anblick ihrer Freundin packt Hilde vor Schreck ein Hustenanfall. Sie hat nicht damit gerechnet, dass die Dame sich noch bewegen kann und ich sehe ihre Gedanken durch den Kopf schwirren. „Sie lebt noch," schreibt sie hastig an Thomas, „melde mich später".

Dann setzt sie ihr künstliches Lächeln auf, steigt aus dem Fahrzeug und begrüßt Gerda mit gespielter Freude.

„Gerda," ruft sie theatralisch, „geht es dir wieder besser?" Scheinbar erfreut über etwas Bewegung läuft das Tier neben ihr her und beschnüffelt Gerda neugierig, die daraufhin niesen muss.

Mit einer geheuchelt liebevollen Umarmung führt Hilde die alte Dame ins Haus, während Peter auf mich zu eilt und mich mit einer EHRLICHEN, liebevollen Umarmung begrüßt.

Fragend blicke ich in seine Augen. Hat er es wirklich verhindern können, dass sie das Gift einnimmt oder ist es Zufall, dass sie noch am Leben ist? Ernst erwidert Peter meinen Blick. „Ich erzähle dir später alles, wir haben jetzt keine Zeit," raunt er mir zu, während er mich mit ins Haus zieht.

Der gruselige Hyänenhund liegt zusammengekauert im Flur und hebt nur traurig den Kopf, als wir an ihm vorbeigehen. Nanu? Wer hat dem denn den Zutritt verwehrt? Wundere ich mich. „Meine Güte, wonach riecht es hier?" Kritisiert Hilde ihre Freundin, während sie die kranke Frau fürsorglich auf das Sofa bettet. Diese zuckt nur verschmitzt mit den Schultern. „Eine alte Freundin hat mich besucht, als ihr zu Ohren kam, dass es mir sehr schlecht geht. Sie kennt sich aus mit Räucherwerk und hat das gesamte Haus damit gereinigt."

Genervt verdreht Hilde die Augen „Du glaubst doch nicht etwa an diesen Hokuspokus?" erwidert Hilde vorwurfsvoll. Gerda zuckt erneut mit den Schultern und schließt erschöpft die Augen. „Es schadet aber auch nichts," verteidigt sie sich „und ich mag es gerne riechen. Es ist auch Weihrauch dabei, das ist immer gut."

„Ich finde den Gestank widerlich!" erwidert Hilde daraufhin barsch und öffnet das Fenster.

Könnte das der Grund dafür sein, dass das widerliche schwarze Geschöpf sich nicht weiter ins Haus getraut hat? Wer hätte das gedacht.

Dieses Gebäude ist ganz anders eingerichtet, als das von Hilde. Das hellbraune Stoffsofa ist mit vielen passenden Sofakissen versehen. Einige im selben Farbton wie das Sofa, andere in dunkelbraun oder beige. Ein halblanger weißer Store, umrahmt von beigefarbenen Vorhängen, bedeckt die Fensterfront rechts neben dem Sofa. Alle Wände sind weiß gestrichen und eine beigefarbene Holzbordüre, im gleichen Farbton, wie einige Sofakissen, verzieren den Übergang der Wände zur Decke. Alles passt ideal zum Parkettfußboden und wirkt sehr heimelig und gemütlich. Eine ockerfarbene Kuscheldecke, die unordentlich auf dem Sofa herumliegt lässt vermuten, dass die Dame des Hauses sich damit gerade noch zugedeckt hatte.

Während die sterbenskranke Gerda ermattet vor sich hin döst, begibt sich Hilde in die Küche, um einen Tee zu kochen. „Ruf doch bitte den Arzt an," ertönt Gerdas schwache Stimme aus dem Wohnzimmer. Daraufhin erscheint Hildes wohltoupierte, schwarz gefärbte Haarpracht in der Tür. „Wie du möchtest," kommt die Antwort zurück. Peter und ich schauen uns fragend an. Sollte sie etwa doch zur Vernunft gekommen sein?

„Du weißt ja, wie es beim letzten Mal war und du von seinen Tabletten schrecklichen Durchfall bekommen hast. Das sind doch alles Quacksalber und die Schulmedizin lehrt nur die Verabreichung von chemischen Mitteln. Aber wenn dir das lieber ist als die Naturmedizin, rufe ich den Doktor an." Betont langsam greift Hilde zu ihrem Handy und wählt eine gespeicherte Nummer.

Es dauert ziemlich lange, bis am anderen Ende jemand ans Telefon zu gehen scheint. Hilde schildert Gerdas Lage und bittet den Doktor um einen dringenden Besuch. Nun ist sie wieder in der Küche und ich kann einen Blick auf das Telefon erhaschen. Ich erinnere mich noch gut an diese Nummer, schließlich habe ich sie in den vergangenen Jahren sehr oft gewählt.

Sie hat ihr Haustelefon angerufen und heuchelt vor, eine Uhrzeit zu vereinbaren.

Sie spielt ihrer Liebsten nur etwas vor. Wieder erscheint ihr besorgtes Gesicht im Wohnzimmer. „Der Doktor hat gerade Sprechstunde und danach noch einen Termin, er kann erst gegen Abend kommen. Soll ich den Notarzt rufen?" erkundigt Hilde sich fürsorglich.

„Nein, nein," tönt es vom Sofa. „Dem müssten wir dann nur wieder alles erklären, danach verpasst er mir eine Spritze und schickt mich doch zum Hausarzt. Ich warte bis heute Abend."

„Ich schau mal nach deinem Tee," erwidert Hilde mit einem zufriedenen Lächeln und begibt sich erleichtert in die Küche, während ihr Handy eine undefinierbare Melodie von sich gibt.

„Hallo Thomas, das ist ja nett, dass du so besorgt um Gerda bist," säuselt sie im Hinausgehen. „Gerda hat sich gerade etwas hingelegt, ich koche ihr einen Tee, dann wird es ihr sicher bald besser gehen," gibt sie verschwörerisch von sich.

Perfekt gespielt, so hat Thomas die Botschaft erhalten, ohne dass Gerda Verdacht schöpft. Hilde kocht ihr vermutlich irgendein Gebräu, das Gerdas Lebenszeit auf den heutigen Abend beschränkt.

„Gerda" ruft sie aus der Küche und erscheint auch gleich wieder kurz im Wohnzimmer. „Thomas würde dir heute gegen 17:30 Uhr einen Krankenbesuch abstatten. Bist du damit einverstanden oder wird es zu viel?" erkundigt sich Hilde in einem schärferen Tonfall, als vermutlich gewollt.

Peter steht die ganze Zeit mit verschränkten Armen im Türrahmen und beobachtet interessiert das Schauspiel, während ich aufgeregt hin und her laufe. Was sollen wir nur tun? Müssen wir nun tatenlos zusehen, wie Hilde ihre Freundin endgültig vergiftet? Denke ich ratlos.

„Um wieviel Uhr kommt der Doktor?" erkundigt sich Hilde matt. „Er versucht, auch gegen 17:30 Uhr hier zu sein" antwortet Hilde, während sie ihrer Freundin liebevoll über das Haar streicht. „Ich freue mich Thomas zu sehen. Er war ja lange nicht mehr hier," erwidert Gerda mit einem schwachen Lächeln. „Und vielleicht ist es ganz gut, wenn Thomas beim Arztbesuch dabei ist. Ich vergesse sowieso immer alles gleich wieder."

Hilde eilt erneut in die Küche, gefolgt von Peter und mir.

Der Pfefferminztee ist inzwischen gut durchgezogen und sie entfernt den Beutel. Dann öffnet Hilde die Schranktür und, oh Wunder, Oleandertropfen kommen zum Vorschein. Entsetzt klammere ich mich an Peter, der wieder seine Position im Türrahmen eingenommen hat. Gelassen beobachtet er das Treiben.

„Du musst etwas tun!" zische ich ihn verzweifelt an, während ich wie wild mit beiden

Händen an seinem Hemdkragen ziehe. „Sie wird sie umbringen, so wie sie es mit mir getan hat!" Mir steckt ein Kloß im Hals, aber Peter bleibt weiterhin gelassen. Wortlos hält er mich an den Handgelenken fest.

„Es wird nichts passieren," erwidert er gelassen.

´Ich kann doch nicht ruhig bleiben und gemächlich zuschauen, wie ein Mensch vergiftet wird,´ denke ich wütend und mein Gemützustand verwandelt sich in Hysterie.

Ich reiße mich los und will Hilde das Fläschchen mit den Tropfen aus der Hand schlagen, aber Peter ist schneller und hält mich wieder an beiden Händen fest.

Mit funkelnden Augen schau ich ihn an. „Was soll das!" brülle ich gereizt und habe das Gefühl, ihm gefällt meine Wut. Das versetzt mich noch mehr in Rage und ich versuche wütend nach ihm zu treten. Währenddessen hat Hilde ihr Werk bereits

147

vollendet und ich weiß nicht wie viele Tropfen in den Tee geträufelt.

„In dem Fläschchen ist nur Süßstoff," erklärt
Peter mir belustigt und lockert seinen
Klammergriff allmählich wieder.

Süßstoff? „Aber…" stammele ich verwirrt,
„wie…" „Ich habe es vorhin ausgetauscht,
als Hilde noch unterwegs war und konnte
gerade noch verhindern, dass Gerda die
echten Oleandertropfen zu sich nimmt."

Erleichtert lasse ich meinen Kopf an seine
Schulter sinken. „Du bist der Held." Nun
wird der Kerl doch tatsächlich rot. „Naja,
einfach war es nicht, aber ich hatte in den
vergangenen Wochen Gelegenheit zum
Üben."

Hilde fügt dem Tee noch etwas Honig
hinzu, bevor sie ihn ihrer Liebsten voller
Fürsorge serviert.

„Ich kann leider nicht bleiben," informiert sie
ihre Freundin. „Meinst du, du kannst dem
Doktor die Tür öffnen, falls er vor Thomas

hier ist?" erkundigt sie sich. Die Kranke nickt selbstsicher. „Der Tee ist ganz schön süß, nicht so bitter wie sonst" stellt Gerda erstaunt fest.

„Oh, dann habe ich wohl zu viel Honig hineingetan," erwidert Hilde gedankenverloren, während sie sich ihre schicke schwarze Daunenjacke überzieht.

„Ich melde mich heute Abend und lasse mir von Thomas berichten, was der Doktor gesagt hat," teilt sie ihrer Freundin mit. Dann haucht sie der Kranken einen flüchtigen Kuss auf die Stirn und verschwindet durch die Eingangstür.

Verschwörerisch lächeln Peter und ich uns an. Fürs erste haben wir oder besser gesagt, er, es geschafft. Hilde fährt ihr Auto um die Ecke, um unbemerkt mit Thomas zu telefonieren. Sie teilt ihm die neuesten Ereignisse mit, während das schwarze Monster wieder zufrieden neben ihr sitzt.

„Ich habe ihr die doppelte Dosis verabreicht, bis heute Abend müsste es vorbei sein," berichtet sie erschöpft zwischen zwei Hustenanfällen. Rasch zündet sie sich eine Zigarette an.

„Mensch Mutter," ermahnt Thomas sie, „hör endlich auf mit dem Rauchen, das wird noch ein böses Ende nehmen mit dir."

„Während ich rauche, muss ich nicht husten. Mit den Zigaretten geht es mir besser," verteidigt sich meine ehemalige Freundin.

Nun verstehe ich auch, warum das so ist. Der Köter mag anscheinend keinerlei Räucherwerk, auch keinen Zigarettenqualm. Wie es aussieht ist er die Ursache für ihre Hustenanfälle, die teilweise wie starkes Hundegebell klingen.

„Aber eines sage ich dir, danach möchte ich mit diesen Dingen nichts mehr zu tun haben, das halten meine Nerven nicht mehr aus," droht sie ihrem Sohn wütend.

„Schon gut, Mutter," antwortet dieser beschwichtigend, „das Vermögen der alten Dame dürfte einige Jahre für uns reichen."

Hilde braust mit ihrem Cabrio davon, während Peter und ich uns wieder zu der alten Dame ins Wohnzimmer begeben. Erschöpft lassen wir uns auf der freien Ecke des Sofas nieder, während die Hausherrin friedlich schlummert.

„Nun erzähl mal wie ist es dir ergangen, während ich in Ägypten war? Bisher habe nur ich meine Geschichte erzählt," beklage ich mich vorwurfsvoll, während er sich nachdenklich an eines der dicken Sofakissen lehnt.

In der Villa herrscht totenstille, nur das leise Ticken der Uhr im Nachbarraum ist durch die geöffnete Tür zu hören.

Ich lag doch nicht so ganz falsch mit meinem Verdacht, dass er dem weiblichen Geschlecht sehr zugetan ist.

Zu Lebzeiten war er verheiratet, hatte zwei Kinder und nebenbei ständig wechselnde Verhältnisse. Seine Frau hatte ein Haus und etwas Geld geerbt, so ließ es sich ganz gut leben. Peter hatte seine Ausbildung zum Immobilienkaufmann abgebrochen und danach Ingenieurwesen für Umweltschutz studiert. Während des Studiums hat seine Frau ihn finanziell unterstützt und den Rücken freigehalten. Peter dagegen hat sich in seiner ohnehin schon seltenen Freizeit mit anderen Damen vergnügt. Seine Kinder hat er kaum gesehen.

Als sein Interesse an einer seiner Geliebten nachließ drohte sie ihm, seiner Frau von dieser Affäre zu erzählen. Es kam während der gemeinsamen Autofahrt zu Handgreiflichkeiten und das Fahrzeug ist auf der Autobahn mit 140 Km/h gegen einen Brückenpfeiler gerast. Die Beifahrerin war nicht angeschnallt und wurde aus dem Auto geschleudert. Sie kam schwer verletzt ins

Krankenhaus, während Peter den Aufprall nicht überlebte.

Plötzlich öffnet sich die Tür und Thomas tritt leise ein. Vorsichtig schleicht er zum Sofa und findet dort mit einem zufriedenen Lächeln die bleiche Gerda vor. Das Gesicht der Schlafenden wirkt im Halbdunkel wächsern, wie das einer Puppe.

Sie ist trotz ihres Alters immer noch eine schöne Frau, stelle ich neidlos fest. Tatsächlich atmet sie so leise, dass sogar wir es kaum hören.

Leise räumt der Dreiundvierzigjährige die Teetasse in die Küche, um sie dort gründlich zu spülen. Er ist sorgsam darauf bedacht, keine Fingerabdrücke zu hinterlassen, während er mit Einweghandschuhen das Geschirr abgetrocknet in den Schrank räumt.

Dann wählt er die Nummer seiner Mutter „Kommst du? Es ist vorbei." Rasch beendet er das Gespräch, um sich ins Schlafzimmer an den Tresor zu begeben. Erstaunlich, wie Thomas die Geheimnummer eintippt und der Tresor sich mit einem leisen Knacken öffnet.

Ein Strahlen huscht über sein Gesicht, als er verliebt den Inhalt betrachtet. Das ist doch der Familienschmuck meiner Stief-mutter, stelle ich wütend fest. Wir hatten ihn damals als gestohlen gemeldet, um die Versicherungssumme zu kassieren. Hilde hat ihn also ihrer Geliebten geschenkt, um den wertvollen Schmuck nach ihrem Tod wieder zu erben.

Im Wohnzimmer regt sich etwas. Gerda ist aufgewacht und schlurft schlaftrunken zur Toilette. Erschrocken schließt Thomas den Tresor und schleicht vorsichtig nach unten. Während die Dame im Badezimmer ihre Notdurft verrichtet, läuft Thomas hastig auf leisen Sohlen zur Eingangstür.

Nun spielt er ihr vor, dass er gerade erst hereingekommen ist. Er schaltet das Licht an und ruft mit rauer Stimme nach Gerda.

„Ich bin hier," erklingt ein schwaches Stimmchen aus dem Badezimmer. Erschöpft lässt Thomas sich auf dem Sofa zu meiner rechten nieder. Ich hätte große Lust ihm eine reinzuhauen. Peter, der wieder einmal meine Gedanken erkannt hat, hält mich sanft zurück und schüttelt unmerklich den Kopf. Gespannt beobachten wir weiter dieses Schauspiel. Im Moment gefällt mir die Rolle als Unsichtbare.

Thomas zerrt hastig sein Handy aus dem Jackett. „Achtung! Es ist noch nicht vorbei," tippt er fahrig ein und lässt das gute Stück schnell wieder in der Tasche verschwinden, bevor die alte Dame zurück ins Wohnzimmer kommt.

„Thomas," ihre zarte Stimme klingt erfreut. „wie spät ist es denn?" Ihr Blick gleitet zur großen Standuhr im Esszimmer, die durch die offene Tür sichtbar ist. „Der Doktor sollte eigentlich schon hier sein. Vermutlich ist ihm etwas dazwischengekommen, er wird sicher bald kommen."

Erschöpft lässt sie sich wieder auf das Sofa fallen und legt den Handrücken auf die Stirn. „Möchtest du etwas trinken, mein Lieber?"

Wie fürsorglich die gute Frau doch ist, das hat dieser blöde Kerl absolut nicht verdient. Etwas gehetzt und eine Spur zu unwirsch lehnt Thomas ab, während seine Augen unruhig hin und her rollen. Er denkt verzweifelt nach.

„Ist etwas nicht in Ordnung?" erkundigt sich die Dame und mustert ihn besorgt, während sie den Kopf einige Zentimeter aus dem Kissen hebt. Ein mühseliges Lächeln gleitet über Thomas´ Gesicht. „Ach," antwortet er abwesend, „Ärger in der Bank."

Verständnisvoll lässt Gerda ihren Kopf wieder zurück in das Kissen sinken und schließt die Augen. „Ich koche dir einen Pfefferminztee," schlägt er vor und springt hoffnungsvoll auf. Aber Gerda lehnt energisch ab. „Bitte nicht schon wieder. Deine Mutter versorgt mich immer reichlich mit Tee und ich kann das Zeug nicht mehr sehen," klärt sie ihn erschöpft auf.

Erfreut bemerke ich die Verzweiflung, die sich bei Thomas weiter ausbreitet. Peter und ich genießen entspannt dieses Theaterstück. Wir haben alles unter Kontrolle, für Gerda besteht im Moment keine Lebensgefahr.

„Aber ein Glas Selterswasser kannst du mir bringen," ertönt das schwache Stimmchen wieder aus dem Kissen. Angespannt begiebt Thomas sich in die Küche, um Wasser ins Glas zu füllen. Sehnsüchtig blickt er auf das Fläschchen mit den Tropfen und schaut sich den Inhalt an. Es ist nicht einmal mehr halb voll. Deprimiert stellt er das Medizinfläschchen wieder zurück in den Schrank.

Im Wasser wären die bitteren Tropfen zu auffällig.

´Eigentlich kann es mir egal sein. Wenn sie tot ist, kann sie niemandem mehr erzählen, wie sie ums Leben gekommen ist. Außerdem weiß jeder, dass die alte Dame schwer krank ist und man mit ihrem Ableben rechnen muss.` schießt es ihm durch den Kopf und er holt die kleine Flasche wieder hervor.

`Notfalls muss ich es ihr mit Gewalt einflößen,` denkt er wütend. Dann fällt ihm ein, dass man bei einer Obduktion eine zu hohe Menge der Flüssigkeit in ihrem Körper feststellen würde und stellt das Fläschchen schweren Herzens wieder zurück. Er muss auf eine andere Gelegenheit warten.

Gerda setzt sich mit Thomas Hilfe auf und trinkt mit kleinen Schlucken.

„Brauchst du noch etwas, Gerda? Ich muss wieder in die Bank." „Geh nur," ertönt die Antwort aus dem Sofakissen, in das ihr

Kopf wieder tief versunken ist. „Ich bin sehr müde und werde sowieso schlafen. Falls der Arzt doch noch kommt, werde ich es bis zur Tür schaffen, um ihm zu öffnen.

Arbeite nicht so viel, mein Lieber, das ist ungesund," ermahnt sie ihn noch fürsorglich und schon ist wieder ein leises gleichmäßiges Atmen zu hören. Die Kranke ist eingeschlafen.

Kurz fällt sein Blick auf ein Sofakissen, das achtlos an der äußeren Sofaecke gelehnt ist. Aber auch einen Erstickungstot würde man bei der Untersuchung der Leiche schnell feststellen können, denkt sich Thomas.

Mit energischen Schritten verlässt er Gerdas Haus. Peter und ich folgen ihm zum Auto. Wir werden uns dieses Schauspiel nicht entgehen lassen und nehmen den Rücksitz seines flotten dunkelblauen BMW in Beschlag. Im Gegensatz zu Hildes Fahrzeug ist hier auch auf dem Rücksitz richtig viel Platz. Thomas hat doch nicht etwa inzwischen eine Familie?

Alles ist penibel sauber und glänzend. Er scheint sein Fahrzeug sehr gern zu haben. Belustigt stelle ich mir vor, wie Thomas an den Wochenenden mit einem Putzlappen verliebt die verchromten Teile seines Fahrzeugs poliert.

Er fährt direkt zu seiner Mutter, die mit einer Zigarette in der Hand in der Küche auf und ab geht. „Wie geht es ihr," fragt sie ihren Sohn besorgt. „Die Alte ist putzmunter," erwidert Thomas wütend. Währenddessen reibt sich der schwarze Hund energisch an seinen Beinen und löst damit bei Thomas einen Hustenanfall aus.

„Siehst du! Von deinem Gequalme muss ich auch husten. Jetzt mach das Ding endlich aus!" befiehlt er ihr, während der Hund freudig mit dem Schwanz wedelt.

„Meinst du, sie überlebt die Nacht?" erkundigt Hilde sich und drückt die Zigarette aus.

Das schwarze Wesen lässt sich wieder zu ihren Füßen nieder, was einen erneuten Hustenanfall auslöst.

„Scheint so," antwortet Thomas zerknirscht und schüttelt mit einem Blick auf die Zigarette verständnislos mit dem Kopf. „Was machen wir jetzt?" Thomas schenkt sich mit zittrigen Händen ein Glas Whisky ein, um es hastig hinunter zu schütten und sich erneut nach zu füllen.

Hilde zuckt ratlos mit den Schultern. „Abwarten."

Nun gönnt auch Hilde sich ein Glas Alkohol. Sie setzen sich angespannt auf das Sofa und nippen an ihren Gläsern, während mit einem leisen Zischen zwei schwarze Gestalten erscheinen.

Ich drücke mich ängstlich in die Ecke, während Peter sich schützend vor mich stellt. Wo sind die Schutzengel? Beim letzten Besuch dieser Gestalten waren sie doch auch sofort zur Stelle? Verzweifelt lege ich den

Kopf auf Peters Rücken. Aber die dunklen Wesen beachten uns gar nicht. Sie stehen regungslos vor Thomas und seiner Mutter, während das vierbeinige Wesen nun seine Stellung bei Hilde aufgegeben hat und sich hinter den Esstisch zurückzieht.

Ich fühlte mich wie eine Schauspielerin in einem Horrorfilm und schließe ängstlich die Augen. Wenn ich die nicht sehe, sehen sie mich vielleicht auch nicht.

„Ich habe keine Zeit mehr abzuwarten. In den nächsten Tagen haben wir eine Kassenprüfung, dann werden sie meinen Betrug bemerken. Ich muss das Geld vorher wieder auf das Konto bringen," ruft Thomas verzweifelt.

Er gießt sich das Glas erneut voll und leert es mit einem hastigen Zug. Hilde registriert es mit einem Kopfschütteln.

Fröstelnd zieht sie die Schultern hoch und stellt die Heizung auf höchste Stufe. „Irgendetwas stimmt mit der Heizung nicht, es ist so eisig im Zimmer, obwohl sie doch heiß ist." Jetzt fällt es mir auch auf, aus ihren Mündern sehe ich die Atemluft weichen, so wie an kalten Wintertagen. Das ist mir beim letzten Besuch der schwarzen Kutten auch schon aufgefallen.

Verständnislos blickt Thomas seine Mutter an. „Ich kann es nicht fassen," gibt er nun gefährlich ruhig von sich. „mir steht das Wasser bis zum Hals und du denkst an deine Heizung!" wütend knallt er sein Whisky Glas auf den Tisch und verlässt gefolgt von den schwarzen Gestalten im Eilschritt das Haus. Hilde zuckt zusammen, als ihr Sohn mit einem lauten Knall die Haustür zuwirft.

Hastig zündet sie sich eine Zigarette an und der Hund, der sich gerade erfreut zu ihren Füßen niederlegen wollte, verzieht sich wieder hinter den Esstisch.

Schweißtropfen treten ihr auf die Stirn. „Warum ist das denn nun wieder so heiß hier?" wundert sie sich und drosselt die Heizung.

Einige Monate später ist Gerda, dank ihrer heilkundigen alten Freundin, wieder ganz gesund. Peter und ich waren ihre Schutzengel und konnten das Schlimmste verhindern.

Hilde ist kurz darauf an dieser, zu dem Zeitpunkt weltweiten, Lungenkrankheit einsam und allein gestorben. Niemand durfte sie wegen der hohen Ansteckungsgefahr während ihrer Erkrankung besuchen.

In ihr Haus konnte Hilde oder besser gesagt, ihr Geist, nach ihrem Tod nicht mehr zurück. Die gute Gerda und ihre Freundin haben es vor dem Verkauf gründlich gereinigt, von allen negativen Energien befreit und mit einem Schutzritual bedacht, sodass kein Geistwesen Zugang zu diesem Haus hat.

Hilde verbringt nun ihr tristes Dasein gemeinsam mit den anderen verlorenen Seelen bei Felicitas im Bestattungshaus. Der schwarze Vierbeiner hat sich von ihr nicht vertreiben lassen und im Laufe der Zeit fand sie ihn gar nicht mehr so abstoßend.

Cora, wie sie dieses Wesen nun nennt, freut sich über die, wenn auch seltenen, Streicheleinheiten, die es von Hilde bekommt.

Thomas hatte noch am selben Abend einen schweren Verkehrsunfall und sitzt seitdem im Rollstuhl. Er hat alles verloren und wurde für einige Jahre wegen Trunkenheit am Steuer und mehreren schweren Betrügereien zu einer Gefängnisstrafe verurteilt. Was aus dem nun Wohnungslosen wird, wenn er die Strafe abgesessen hat, ist ungewiss.

Peter und ich haben unsere Aufgaben auf Erden erfüllt und sind kurz darauf ins Licht aufgestiegen. Das war eine unbeschreibliche Erfahrung. Zu meiner großen Freude hat mich sogar meine leibliche Mutter am Übergang zur anderen Welt abgeholt.

Zuvor hatte ich noch Gelegenheit Celine zu besuchen, die sich zum Erstaunen ihrer Eltern intensiv um gute Schulnoten bemüht, was mit einem unsichtbaren Freund nicht allzu schwer ist. Sie hat das Ziel, Ägyptologin zu werden, immer vor Augen und ihre Eltern haben zur Belohnung für gute Schulnoten bereits die nächsten Ägyptenreise gebucht. Samuel weicht nicht von ihrer Seite und unterstützt sie, ihr Ziel zu erreichen

Natürlich habe ich nun auch wieder Kontakt zu den Wesen, die mir nach meinem Tod auf der Erde begegnet sind. Mir war damals gar nicht bewusst, dass „Erwin der Penner" erstaunlich gut aussieht.

Auch das Wiedersehen mit „Sebastian, dem Henkerssohn" und der damals kleinen Luna war eine große Freude. Die beiden sind immer noch unzertrennlich und Luna wirkt inzwischen wie eine erwachsene junge Dame.

Ich verbringe viel Zeit mit „Gitti, der Selbstmörderin." Wir haben viele Gemeinsamkeiten, sind wohl seelenverwandt.

Diese Welt ist einfach wundervoll. Alle Wesen sind gleichberechtigt und gütig, es gibt keinen Hass oder Neid. Es ist vermutlich der Garten Eden, der in der Bibel so traumhaft beschrieben wird.

Ich bin gespannt, wie es weitergeht. Es heißt, wir müssen uns auch in dieser Zwischenwelt beweisen, um in höhere Ebenen zu gelangen. Ich bin hier glücklich und zufrieden und möchte gar nicht in eine höhere Ebene. Man kann wohl auch wieder zurück auf die Erde und wieder geboren werden, um sich dort weiterzuentwickeln. Dann kann man alles besser machen, als im vorherigen Leben und man gelangt schneller in höhere Ebenen, heißt es.

Wer weiß – ich bin jedenfalls jetzt so glücklich und zufrieden wie noch nie und möchte
hier für immer und ewig bleiben.

Gabi